The Common Reader

读者

梁文道 _著

文化艺术出版社
·北京·

目录

正常读者的目录 ………… i
自序　正常读者 ………… xi

准备做一个读者

你读过《红楼梦》吗 ………… 3
书要读得好的日子 ………… 9
当阅读成为一种运动 ………… 12
莫记小过 ………… 15
读者的身体 ………… 18
窥探灵魂 ………… 26
书房不可无书梯 ………… 32
旧书哪里去了 ………… 38
只有战争没有和平 ………… 41
翻译的态度与常识 ………… 48

不正常读者

失书记 ………… 55

记一次书缘 ………… 63

陈老师的病 ………… 66

一个编辑的藏品 ………… 71

壮哉万圣 ………… 75

十年进一步 ………… 78

左派老板 ………… 82

喧嚣城市里的孤独 ………… 86

出版是门手工业 ………… 91

同代诗人的悲哀 ………… 96

一家书店被海明威解放了 ………… 100

叫他们去闻自己的秽物 ………… 104

政治花边

世界上最有名的地址 ………… 111

政治化妆师的内幕工作 ………… 115

帝国的哨站 ………… 118

气度 ………… 125

国际视野 ………… 128

独立建国不是梦 **132**

打工妹的声音 **136**

1945 那一年 **140**

经典常谈

谁是苏格拉底？ **147**

十博士大战于丹 **154**

你的《圣经》说哪一种话 **158**

科学精神 **165**

纪念玛丽·道格拉斯 **169**

怀旧鲍德里亚 **173**

人类学的必要 **179**

知识分子这种人 **183**

小波死了，社会还僵 **189**

学点文艺腔

作家对真实可以不负责任吗 **195**

暑假读诗正好 **198**

工业以外 **201**

室内的忧郁 205

出门是为了寻找自己 209

莱辛"伟大的失败" 213

吸血僵尸原来是藏书家 218

间谍的处境 221

剥洋葱，还是蟹行？............ 225

必要而寂寞的注脚 229

汉学家的追忆 232

招领记忆 235

村上春树的另一面 238

善本 242

兰姆的心灵鸡汤 246

常识补充

谁是今天的波斯王 253

砍掉最后一棵树的时候 257

唐朝媚外总纪录 261

圆明园的真相 264

晦暗的上海 267

别怕，我只是怀旧 272

核爆的机会有多大 276

吹水 280

新贫时代的阿Q哲学 284

道歉不容易 288

长尾拯救文化人 291

瑞典之谜一种 295

城市的挽歌 299

老店的绝种 303

粗话的禁忌知识 307

中大变英大 311

天命 315

榕树头 319

都世界杯了，你还读书？

足球让人类伟大 325

动脚别动脑 328

世界不是只踢一种球 331

心物不二说足球 335

用机器代替裁判 339

守门员的思考 343

跋：目录 347

新版补识 351

正常读者的目录

陈智德

梁文道在本书起首第一篇《你读过〈红楼梦〉吗——〈如何谈论你还没读过的书〉》的题目涉及了两本书,前者仅在文章第三行提及一次,后者更明言根本未读过,但梁文道仍在文中对该书评述了一番。该文真正谈论的是"书皮学",一种不用仔细阅读却能掌握书本内容,然后侃侃而谈的学问或伎俩。说是"伎俩",是因为它容易沦为作伪欺骗、以伪知识装点门面的手段;说是"学问",是因为它在浩瀚书海中,尤其在信息爆炸的时代里,又的确是一种整理个人阅读系统的方法。是学问或伎俩、手段或方法,端视乎读者的心性、目的和理念。

《如何谈论你还没读过的书》(Comment parler des livres que l'on n'a pas lus？，繁体中文译本《不用读完一本书》，2009年3月出版）是法国学者皮埃尔·巴雅（Pierre Bayard）所著，出版后广受青睐而成为畅销书，梁文道写作该文时，英译本才刚面世不久，他还未取得该书，但凭借其知识系统和"书皮学"的掌握，仍可概述该书，而且颇为切中要领。该书以瓦雷里、艾柯、巴尔扎克等人的著述为例子，谈论书皮学的现象和历史，因为书皮学不单是一种充撑门面的社交伎俩，在作家笔下，它也是一种文学批评的角度，甚至是小说表意的媒介。该书的书名很容易让人以为它是一本提供诸如速读等阅读技巧的方法书，但正如梁文道以本身的书皮学修为所指出的，该书不是教人不读书而能作伪的指南，而是谈论一种文化现象，以及阅读的可能性。作者以集体图书馆、内在图书馆和虚拟图书馆三者作为阅读者触类旁通的门径，写出了一种阅读的抽象观念。当然，该书也多少传授了一点小聪明，教人理直气壮地谈论自己还没读过的书！这也许是它成为畅销书的原因吧。

然则，在我辈看来，书皮学根本毋庸学习，也无须方法，所有累积一定阅读量和修为、对书本敏感以至建立了个人观念图书馆的读者而言，都会自然获得触类旁通的本领，无须通读甚至读过一书，而能略知一书的知识源流；事实上书皮学的要领亦无外乎目录学的范畴。梁文道的读书评书修为，绝非读一本诸如《不用读完一本书》这等之书可臻，尤其视作快捷方式方法者。梁文道评书的特点之一在于其博而杂，他的首本书话集《弱水三千》，以美国国会图书馆分类法罗列所评之书，共分十五类，实际上是为个人博杂的知识涉猎建立体系，将其安放于观念上而不真正存在的、抽象的图书馆中，成就了我辈心中的"书痴目录学"。

作为梁文道书话之二，《读者》一书因应书评的对象，有更多普及知识的意向，造就真正坚立的"读者"。在本书原序中，梁文道以"正常读者"自许，书中却有一条目为"不正常读者"，谈及郑振铎、陈子善、许定铭、陆灏等藏书家、读书人。正常与不正常看似对立，在本书中却不然，梁文道认同也心慕那种"不正常"的藏书理念，而他本人却自许为"正常读者"，正如他在原序所说："我开始能够体会浮士德的悲剧，也开始明白知识、禁果与傲慢的关联了，你愈是以为自己谦卑低下，就愈容易犯上骄傲的罪，愈容易陷入文字障所导致的我慢。"这是一种对异化的警醒，愿意把知识的面向放回人间，其理念与他另一本著作《常识》以"常识"抗衡空洞玄说的想法实一以贯之。

与前著《弱水三千》相比，本书同样建构了一座虚拟的图书馆，但有更多人间气息，他孜孜论书的对象不是作者，而是在知识流动的长河中，与作者位置同等的读者。我相信，这种贴近人间、普及知识的阅读态度，并非一蹴而至，而是梁文道多年来藏书读书和从事媒体工作的体认。

在我眼中，梁文道可是个不折不扣的"不正常读者"，在中学时代，我们都不满足于课业范围内的"常识"，因而自行到书店和图书馆寻找真正值得探求的事物，开列属于自己的书单。他的书单以文化理论和哲学为主，也涉猎不少文学。那时内地知识界正值"文化热"时代，香港的书店可找到不少内地出版的文化理论著作和翻译，如"走向未来丛书"，梁文道就是最早向我推介这套书的同学，他又介绍我读福柯、谈论女性主义、批判电视台的选美活动，此外他也热衷于前卫剧场，有一次捎来一叠稿纸，是他新近写成的剧本……我也不甘落后，向他介绍杨牧最新出版的诗集和我自己写的诗，我们就这样在课余交换阅读情报，那时，我们还未知悉，这样的阅读会怎样染织我们的人生，留下斑驳的纹理、脱落的毛线。

那时我已知道他在《信报》的"戏间形采"专栏不定期发表剧评,在《电影双周刊》的附刊"阅读都市"与汤祯兆展开笔战。上世纪90年代初至中,梁文道在《越界》发表更多艺评、杂文与人物采访,我也一篇一篇地跟着读了,后来,他先后参与创办《打开》、牛棚书院、《E+E》、《读好书》和《读书好》;我自己也和别的朋友先后办了《呼吸》和《诗潮》两份刊物。除了《读书好》之外,我们都耳闻目睹以上的刊物和朋友如何凝聚然后消散,一个一个与之相关的文化议题如何热烈讨论,又一再由于经验断裂而在不同场合从零开始重复展开,这轨迹仿佛也是香港无数前代文化人的轨迹,所不同的,是梁文道在精致、前卫与普及、通俗之间,愿意以更柔韧的心力接近于寻常巷陌人间,相信这也是他创办"牛棚书院"的民间办学理念并一直沿用"牛棚书院院长"名号之所由。

逝者如斯,大断裂当中,阅读似乎成了少数得以延续的精神活动。阅读本书的关键,与《弱水三千》一样,在于梁文道对知识的分类。如果读者家中也拥有为数不少的藏书,就会明白分类的重要性,甚且,有时分类的意义还不仅在于便于搜寻，而更在于分类者为知识所赋予的观念。藏书家阿尔维托·曼古埃尔（Aberto Manguel）在《深夜里的图书馆》（*The Library at Night*）一书中，描述了各种私人藏书和公共图书馆的图书分类以及当中的趣闻，其中私人藏书往往有许多异想天开的分类法，有一位作家以各种颜色纸包装书籍封面并作分类，如小说用蓝色、西班牙文用红色等，使其书房一眼看过去有如几度彩虹。曼古埃尔还记述他的书痴好友们各种古怪的图书分类法，如把兰波的诗集《醉舟》列于"航海"之列，把列维-施特劳斯的《神话学：生食与熟食》列作"烹饪"一类！

书痴们的古怪分类不是一种望文（书名）生义，而是出于玩笑和重新安放知识之雅意。古怪的分类其实不止于私人藏书，曼古埃尔留意到公共图书馆的分类也有离奇的类别，如美国国会图书馆的目录里，主题标题中还包括有"香蕉研究"、"蝙蝠皮装帧书籍"、"艺术品中的靴子与鞋子"等类别，这是图书馆编目员的创造性杰作，曼古埃尔认为，"简直就像是对这些编目员而言，书籍内容还不及它们所归类主题的独特性来得重要"。

其实，对书籍分类的观念意义知之最切、用功最深者，莫如中国古代的目录学家,从《七略》以六经即儒学为中心,演变至"经史子集"四部的分类,古代目录学除了反映社会思潮流变,也标示了"辨章学术,考镜源流"的意义。梁启超1896年在《时务报》发表《西学书目表》,把其时所见之译著分为西学、西政、杂类三项,西学类又分算学、重学、电学、化学、声学、光学,西政类包括史志、官制、学制、法律、农政、矿政等,约相当于清末维新派新政的内容;《西学书目表》作为一份书目,既有配合新政的经世意图,亦抱持以西方科技结合人文社会科学来改革中国的理念。

梁文道首本书话集《弱水三千》依美国国会图书馆分类法的纲目,为个人涉猎建立体系,评说的对象是书;本书以"准备做一个读者"、"不正常读者"、"政治花边"、"经典常谈"和"学点文艺腔"、"常识补充"和"都世界杯了,你还读书?"共七项作类别,评说的对象是读者,在梁文道看来,政治、经典与文艺、常识固然同等重要,但更要紧的是作为一个"读者"的自觉。与一般消费性或功能性阅读不同的是,本书所要造就的"读者"指向抗衡宰制和蒙蔽的自主,姑不论谈论自主书商的《壮哉万圣》、关注内地女工的《打工妹的声音》、坚守言论自由的《十博士大战于丹》等文,在最后一辑与足球相关的书评中，梁文道举引多种书籍，由足球谈到反全球化，也谈论纳粹德军占领乌克兰时期，球员因坚守尊严和自主而被处死，《世界不是只踢一种球》、《心物不二说足球》等文谈论足球运动真正的趣味及其勇猛的精神理念，批判商业行为带来的异化；该辑文章由足球读出自主、抗衡和批判，它绝不由犬儒和玄说而来，实基于坚实的阅读系统，这样的"读者"才得以强立于流变和断裂中。

由此理念，《读者》一书不妨视作我心目中的"现代目录学"之一种。在古代的目录学相关著述当中，有一种称作"藏书纪事诗"，记录藏书家遗闻轶事，叶昌炽《藏书纪事诗》谈及清代藏书家冯舒冯班兄弟，冯班"为人儻荡悠忽，动不谐俗。胸有所得，辄曼声长吟行市井间，里中指目为痴，先生怡然安之，遂自署曰'二痴'"。冯氏藏书素以异本闻名，最著者为《文心雕龙·隐秀篇》手抄本，惜后世子孙不甚爱惜，"即宋元精版，尽化为胡蝶飞去"，叶昌炽题诗云："沧海横流自闭门，莫城西畔有孤村。箧中隐秀何须秘，化作春风蛱蝶魂。"夫文体代降，诗形代迁，兹谨以新撰"藏书纪事新诗"一则，演化梁文道《读者》一书之理念：

阅读人间（梁文道《读者》）

陈灭

叶片掉落如书页飞翻

我们的作者步过裂缝

步过枯草织就的人间

灰烬与硝烟化作霓虹

你把它熄灭又轻翻书页

换取另一房间的光容

一切流逝都由阅读而复现

我们的读者不就是我们

窗格下疾书浮出的话圈

悠悠飘过都市，未破灭前又听见

横巷间的暗语是犬吠还是哭声？

列车划过，删去车站前流浪艺人的歌声

只有读者为都市编就的书页与尺牍

一所抽象的图书馆与一串话圈，编了目录

2009年8月10日志

自序

正常读者

英国评论杂志《前景》(Prospect)在2008年初的时候做过一个特辑,找来一批人评选前一年最被高估和最被低估的事物,其中当然包括了书。一位记者选了加拿大哲学家查尔斯·泰勒(Charles Taylor)的《世俗年代》(A Secular Age),他认为一般媒体都忽视了这本书的价值。查尔斯·泰勒是最重要的在世哲学家之一,而这部厚达九百页的皇皇巨著则被誉为他一生中的最高成就。或许大众媒体忽视了它,但学术圈可没走眼,此书一出,不只得到许多专业期刊的评论赞扬,还拿下了一座人文学界的大奖。

有意思的地方不是为什么主流媒体忽视了这本分量奇重的大书,而是那位记者,一个本身就是替《金融时报》《卫报》和 *Time Out* 等主流媒体供稿的传媒人,为什么会看上这么难啃的学术专著?

《经济学人》、《新闻周刊》和《时代》杂志在香港拥有不少订户,它们的长期读者应该知道这些英语主流刊物的记者和作者皆非泛泛之辈,平日一篇报道固然看得出功底,偶尔出一本专题书也是文字可读,内容扎实,明显下过一番工夫。难怪市面上许多畅销的"非虚构"(non-fiction)书籍都是记者手笔。无论是谈全球暖化,还是讲印度的崛起,都跟得上学界的最新成果,同时还照顾到了一般读者的程度。我不知道其他人怎么想,但在看过这么多的示范之后,我起码学懂了一件事:原来这就是正常的水平,原来国际水平的传媒人是这样子的。

最近两年常在大陆活动,其中一件最叫我尴尬的事就是老有人称我为"学者"。所以当我看到有人在博客上留言给我,说"你算哪门子学者,你只不过是个'伪学者',是个传媒人罢了",我就大大松了一口气。对极了,我连硕士都没读完,又怎能僭用"学者"之名？我只不过是个传媒人，在报刊发稿，在电视台做节目，如此而已。

　　和那位喜欢查尔斯·泰勒的记者一样，我也会花时间和精力去研读学术论著；但我绝对写不出那种书，甚至也不够格去为它们写一篇专业的书评，因为我是一个传媒人。做一个以评论为主业的传媒人，在大众媒体上发表意见，应该要知道自己在说什么，了解自己正在谈的话题。不用太深入，但至少要读过一些有关的书以及学术研究，假如连我们都不看这些东西，那么学者们的苦心又有何意义呢？我不专业，不能在所有课题上投下长年的心血，只能泛泛而读，什么东西都得摸一摸。然而，这是个基本责任，如果我根本没读过任何讨论民主化问题的材料和书籍，又怎么能去评论香港的民主进程？读者又凭什么要看我的文章？

　　读书首先是我的嗜好，然后是我工作的一部分，它让我知道一点社会的脉动，了解身边的人和事，使我在面对镜头和稿纸的时候觉得比较踏实。既然是工作，自当全力以赴，所以我每天都花不少时间看书看杂志。这么多年下来，竟然被一些朋友误会为"读书专家"，别人找我去办讲座谈心得也就罢了，自己竟然也"当仁不让"地弄起了读书节目与读书杂志，好像还真是回事。可是我打从心底知道，我只不过想努力做好一个达到正常水平的读者罢了。

或许根本没有所谓的"正常水平"，可我自己有把简单的尺子，那就是看不看得懂人家在讲什么。二十多年前看台湾的《当代》杂志，里头有一半的东西是我不知道的。那种感觉很难受，为什么那些人老是说什么"众所周知，解构主义的初次登场正好是在结构主义的高潮时期"，或者"有名的韦伯论题到底能不能适用于东亚的情况呢"……似乎除了我之外，每个人都晓得解构主义与韦伯论题是什么。类似的智性屈辱，我后来还一再地在其他报刊上领会到。除了我，每个《信报》的读者好像都能理解高斯怎样分析公司的出现；除了我，每个《百姓》的读者都对遵义会议了如指掌；除了我，每个《读书》的读者都晓得陈垣的史学成就；除了我，每个《纽约书评》的读者都烂熟《在路上》的一字一句；除了我，每个《电影双周刊》的读者都看遍了戈达尔的电影；除了我，每个《时代》杂志的读者都能理解上世纪70年代石油危机的来龙去脉；除了我，每个《新科学人》的读者都懂什么叫统一场；除了我，每个《南方周末》的读者都对中国的户籍制度了然于胸……

据说这都是些很有影响力的刊物，也都不算是特别艰深的专业期刊，那么我为什么会不知道那些好像很多人都知道的事呢？最令我介怀的，不是那些文章、那些报道的主题有多深奥（恰恰相反，它们一般都写得很浅显），而是它们的作者总是很轻松地东引一句话，西摘一个名字，然后也不多加说明，仿佛这是圈里人全都明白的常识。我努力阅读，原动力就是想获得这份常识而已。假如连这点常识都没有，我怎么能站在媒体的平台上和人家平起平坐呢？

后来有人告诉我，隔行如隔山，说不定一个《读书》的作者连一份《新科学人》都看不下去，你又何必苦苦追求那种幻觉般的常识呢？可是我又不服气了，《新科学人》明明是科学界的流行读物，怎么能轻易容许自己看不懂呢？再说，《读书》作者群不乏资深的老学者，他们自己可以说自己"隔行如隔山"，不必知道物理学的新进展，但我们干媒体的本来就要什么领域都浅尝一番，这种话是不该随便讲的。

也有人说，《卫报》和《纽约时报》里有国际级的大评论家，劝我不要痴心妄想能够企及他们的成就，何况这里是香港，不需要那种程度。坦白讲，我从来没敢奢望什么"国际级"的成就，大师级的评论家如雷蒙·阿隆和苏珊·桑塔格，靠的都不只是学历，还有我所不及的非凡洞见与才气。不过我依然以为，那最根本的基础学问还是要有的。我们这种平凡的评论人和他们的分别，就像庸厨与食神的差异，高下全在他处，大家用的材料却是差不多的。

于是，我就这样子透过每日翻阅的报刊来激励自己，试图令自己不要在队伍中落后得太远。说这番话，丝毫没有要刻意显得很有志气的样子，更绝对不是炫学，我是很真心地想要成为一个正常的读者，再准确点说，是想做个正常的媒体人、正常的评论人。我不一定写得出好东西，做得出好节目，但起码我算是尽到了责任。

经过这许多年，我现在算不算是一个正常的读者呢？这么讲吧，我开始能够体会浮士德的悲剧，也开始明白知识、禁果与傲慢的关联了，你愈是以为自己谦卑低下，就愈容易犯上骄傲的罪，愈容易陷入文字障所导致的我慢。

于是你现在看到的这本集子，全是我的副业，一种心态稍迟渐缓之下的产物。但我不敢说我已经远离了那股推动过我的诱惑，也不愿全然放弃正常读者的幻象。

上一本书话集《弱水三千》出版之后，有些年轻朋友期盼我能出一部更像"书"的书，正如香港董启章当年对我说过的一样："你应该写一本专著。"嘿！你又忘了吗？我不是学者，我只是一个正常的读者。

准备做一个读者

你读过《红楼梦》吗
　　——《如何谈论你还没读过的书》

一

如果篇幅不是那么有限,我实在很想在自己办的读书杂志里开个专栏,广邀各方名家轮流谈一本他们从来没有读过的经典,比如说让一位教文学的大教授承认他其实从未看过《红楼梦》,一个自认是"看不见的手"底下玩偶的经济学家坦白交代,他根本没有读过亚当·斯密的只言片语。这个灵感来自"英国钱锺书"大卫·洛奇(David Lodge)的某本小说(我只能说"某本",因为我从未看过任何一本他的小说)。他在书里设计了一个游戏,叫"羞辱",玩法是让一群知识分子在饭桌上趁着酒意轮流忏悔，说出自己没有读过的经典，谁说出来的名字愈经典谁就愈无耻，谁愈是无耻谁就赢了。听说那场游戏的最后冠军是个承认自己没看过《哈姆雷特》的英国文学教授。我又听说，美国学术圈子里真有很多人在玩这个游戏，听说。

去年横扫法国知识界的畅销书《如何谈论你还没读过的书》，终于在万众期待的盛况下译成英文了。直到执笔这一刻，我还没收到这本书，但是我绝对可以向各位读者保证，我一定会把它由头读到尾的。什么书都可以不看，这本书不行，因为只要读了它，以后别的书就大可束之高阁，我就能够专心一意地写书话骗稿费了。然而，这真是一本实用的指南吗？虽然它的名字取得就像个指南，虽然这就是它大受欢迎广获好评的原因，但没有真正看过它，你能确定它是本怎样的书吗？

成长，就是一个不断发现自己被欺骗的残酷醒觉历程。想当年，我也有过纯情的日子，曾经十分羡慕法国人民的文化素质高，不只电影晓得安排主角去法兰西学院听列维-施特劳斯讲课，就连福柯最深奥难懂的《词与物》也成了地铁里人手一册的畅销书。直到上了大学，有学长传授"书皮学"

(book cover studies),我才恍然大悟,法国人有可能是世界上最懂得在知识上伪装、在文化上炫耀的一帮家伙。

学长说:"你知道他们为什么要在地铁里看《词与物》吗?当然不是因为它好看得像侦探小说一样,叫人爱不释卷。重点在于要让别人看见自己正在读福柯的新书,正如穿衣服必须穿名牌,读书也得读名著。只不过呢,穿名牌衣服要低调,牌子不可轻易外露,读名著则要高扬,封面一定得让人见得到。"或问:"既然如此,又为什么一定要拿本福柯的新著,何不干脆捧读福楼拜或者黑格尔?"学长又说:"笨蛋!潮流呀!都什么年头了,还看黑格尔,一来那些知识美少女会嫌你老套,二来那些没知识的美少女则根本不知道谁是黑格尔。至于福楼拜,人家可是法国的曹雪芹,你在地铁读《红楼梦》岂不表明你以前的教育不完整,多没文化呀!"

我又接着问:"我见过一些英国人会用特制的皮套套住封面,不让别人知道自己正在看什么,这是不是因为英国人比较踏实低调?"学长嘿嘿一声冷笑:"低调?那是因为他们不想让别人发现自己正在看一本格调很低的书。你以为那些小羊皮套里藏的是什么?说不定是本三流通俗爱情小说,更说不定是个超淫贱黄书呢。难得他们看得血脉贲张,还要装出一脸严肃绅士状。所以说,英国人比法国人更无耻。"

二

"以貌取人",英文的说法叫作"凭封面判断一本书",无论中西,都不是值得鼓励的行为。但是人非圣贤,有谁不好美貌呢?再说,要是不从封面判断书的好坏,不凭封面去吸引客人在书海之中拿起一本书,封面又有何用处?在古登堡印刷术发明之后很长一段的日子里,洋书是没有封面的,甚至不装订,就是一堆纸零零散散地送到书店去。那时候书还不多,顾客上门都早有目标,知道有什么新书出版,也知道自己要什么。客人们挑好了书,再选封面材料,或者牛皮,或者羊皮,连上头印的字款也随自己喜好,叫书店师傅替你完成装书的最后手续,结果就是你的私家藏书了。那是买书不靠封面的年代,如今每日推出市面的新书数以千计,还有哪家书店能够担起这种手工作坊的细活?还有谁能不"凭封面判断一本书"呢?书皮最出人意料的副作用,就是催生了"书皮学"。以貌取书只不过是这门学问的幼稚园阶段,它真正的内涵是让人单靠书皮就"读懂"了一本书。"书皮学"本是大学时代我们拿来嘲笑人的话。一个家伙平日看起来是个博览群书的鸿儒,谈什么书他都能侃上两句,似乎无所不观。但一再追问,却又顾左右而言他,从一本书扯到另一本书,表面上举一反三触类旁通,实则绝不深入,永远在表象上徘徊。遇上这种人,我们就称赞他"精通书皮学"。

"书皮学"所以可能,是因为现代出版业提供了充分的条件,总是想尽办法让读者不用真个儿看书。例如封面,一定会用最简明扼要的文字介绍,一定会有夸张的名人推介以及书评精句,至于作者介绍更是绝不可少(假如附上作者玉照,你还能对这本书产生最直观的实感)。若是学术书籍,那么书皮学的依据就更丰富了,比如索引和参考书目,内行人只消翻它一翻,便能知道作者的功力,感受这本书的虚实。一部自称卓有创见的《文心雕龙》注释竟然只列了十来项参考书,连人家说过的东西都看得不多,你说它能多有创见呢?一本陶渊明论要是附有日文书目,这就说明作者对日本汉学的研究成果不至于一无所知了。懂得这种种窍门,懂得从封底的有限讯息由小观大见微知著,"书皮学"的门径就算是开了。今天治"书皮学"又比我们当年幸福得多,全拜互联网的诞生。就拿"亚马逊"来说吧，上头起码有一半的书可以让人饱览封面封底。看完这最表层的"书皮"，你还可以翻看目录，要是在目录遇上有趣的关键词，你更能键入那个词，搜索有它出现的页数，速读几页。原来是吸引人买书的技术，落在"书皮学"行家手中，就成了"读通"一本书的利器了。

再说那本《如何谈论你还没读过的书》，据知作者皮埃尔·巴雅是个有功底的教授，写作的态度很认真，而且这本书也不是真正的指南，其实它的真正目的是考察"不读书但又要谈书"的现象和历史。巴雅发现文化史上有一大串搞过书皮学的家伙，其中更不乏歌德这等级数的名人。问题是为什么他们要去谈一些他们根本没看过的书，甚至批评它们呢？这是不是种文化圈的社交技巧呢？还有许多作家学者喜欢公开表示自己从未读过某本书，同时还保证以后也绝对不会碰它，然而又能洋洋洒洒数千言地陈述自己不看它的理由。这是种最理直气壮最坦白的"书皮学"，据说巴雅也有他的分析。这本《如何谈论你还没读过的书》我连见都没见过，又怎么知道它的内容梗概呢？这就叫作"书皮学"了，你上网查查就懂了。

书要读得好的日子

有时候在街上和读者聊天,或者看他们寄来的电邮,发现他们很关心书要怎么读才可以读得更快更多。可是叫他们失望了,我并没有秘诀,如果真有这种秘诀的话,我也想知道。

其实何必快,又何必求多呢?在我看来,读书最重要的是读得好。所谓"读得好",我指的是起码要读通一本书,没把里头的基本事实搞错。目标看来定得极低,但是在这个时代,我发现这已是很难达到的成就了。

且先别说读书,光是看报,原来也能产生很大的阅读障碍。举个切身经验为例,话说近日我写了一篇文章,借着梁家杰参选香港特首的政纲受到传媒漠视,批评香港人不言理想光求务实的平庸心态,矛头指向的当然是自诩务实的曾特首。为了说明大家厌谈理想的心态是怎么一回事,拙作特别引介了现代大哲学家以赛亚·伯林和卡尔·波普尔的相关说法。后来身为波普尔徒孙的香港议员吴霭仪大姐为文响应,申明再务实也不能不顾理想的指引作用。这一来回实在是友好的观点交流,我以为颇有互相发明之妙。

可是后来我看到一些评论,居然以为这是场"笔战",而且还误读拙作,觉得我是在帮曾荫权教训梁候选人不要好高骛远!同一篇文字,果然是不同的人能看出截然不同的意思。如果说是我自己的文字不利落,有表意官能的缺陷,我也认了。但另一封读者来信,就真叫我摸不着头脑了。这位读者劝告我身为文化人,怎能在某大报公然撰文批评司法独立的原则,说"法官失控"会为害社会,这岂不是教坏下一代云云。老实讲,这种论调出现在该报专栏绝不叫人奇怪,只是老天在上呀,我不只根本没写过这等伟论,更从来没有福分得享在该报发表文章的荣光!莫非世上真有"两生花",还有另一个梁文道也在香港报刊上贩文为生?

不过我明白,这都怨不得人,这又是社会的错,时代的不对。21世纪的阅读合该如此。

研究印刷史和书籍史的学者们有个共识,认为古登堡印刷术的发明,是人类两种阅读取向的分水岭。在印刷术普及之前,读者追求的是"精读"(intensive reading),犹如古人注经,务求一字一句都要看出个道理,往往一本书能耗上一辈子的生命。原因简单,那时流通的书数量极少,一个罗马时代的学者要是能在一生之中读过三百本书,就是惊人的硕学鸿儒了。等到印刷术出现,书籍的复制方便了,短短百年之间,无论种类还是数量都有几何级数的增长。这时的学者如果只看过三百本书还敢对人夸称自己博学,肯定遭人耻笑。所以印刷术的年代是个"泛读"(extensive reading)为王的时代,读书首要是求多求广,速度自然也得跟得上。

终于到了我们这个"后古登堡"的年头,媒体多样,资讯爆炸。大家连在一个网页停留一分钟的耐性都没有,错把另一个人当成你小子,又有什么可怪?问题在我,老是怀旧,总觉得最愉快的读书时光还是上大学的时候,跟着老师读海德格尔的《存在与时间》,一学期结束了竟然还没翻到第八十页。

当阅读成为一种运动

每当我被问起最理想的阅读应该是什么状态,我就用史蒂芬·斯皮尔伯格拍的《幸福终点站》(*The Terminal*)做例子。在这部通俗讨喜的电影里面,大美人凯瑟琳·泽塔-琼斯是个漂亮的空姐,观众眼中的欲望对象,男主角汤姆·汉克斯的艳遇伴侣。有一场戏,两人在机场里的书店碰上了,男的问:"咦,你买了本什么书?这么厚。"女的答:"噢——一本拿破仑的传记。我最喜欢看和他有关的东西了。而且这本书厚成这个样子,可以够我看上几天,也才不过六块九毛九,多划算!"

请注意这是位有专门兴趣的读者,她不是找一本人人叫好的畅销书,也不是漫无目的地瞎挑,而是情有独钟地追随拿破仑的足迹;其次,她买书的态度很轻松,主要是两个字,"抵睇"。厚厚的一本书才卖七美元,就能打发她好一段无聊的日子了;最后,她没有故作严肃地先清一清喉咙,再隆重介绍:"嗯,这是本拿破仑传,我研究拿破仑。"而且汤姆·汉克斯也不惊讶,只是淡淡地讨论两句就算。

看见这个场面时,我就想象,要是换了一位香港卖座导演来拍,会怎么处理它呢?会不会来一个大特写镜头,让那本拿破仑传的封面占据了整个画面?再转向汤姆·汉克斯,拍他讶异到合不上嘴的表情?又会不会有什么特别的音效处理,显得我们这位空姐格外出俗脱众呢?我这么想,丝毫没有轻视本地电影人的意思,纯粹只是从香港的风俗习惯来推测罢了。

我们的习惯是什么?那就是把书看得格外崇高而神圣,认为读书是一种很离世、很出尘的行为。因此为了让它回到人间,让它有点烟火味,就得不时出动大家都认得的名人推介好书,甚至集合一大批小孩集体朗诵(最好能有破世界纪录的人数),好叫电视台看看我们都正在读书呢。劝人读书,介绍好书,我们一概统称为"推动"阅读风气,仿佛不推,它就动不起来了。简单地说，香港人把读书搞成了一种运动。

然而，我总以为这样的运动不只"推动"不了阅读风气，还会把它推下海淹死。所以在过去这么多年以来，不论是在电子传媒做节目，还是写书话专栏，我都很清醒地告诉自己，不要推动什么，更不要煞有介事，只要尽量好好地配合时势，讲点故事，有意无意地提醒一下："瞧，说到世界杯，这本书有一段故事……"或者说："民主当然重要，某某人的某本书曾经说过……"这样就好。因此你正在看的这本书虽然看似一本书话，原来却都是借题发挥。

但愿有一天，看我们的娱乐八卦杂志做明星专访，能像《人物》那一类外文刊物，不只列出受访者的三围、星座以及最喜欢的食物和音乐等等，还加上一条"最近正在看的书"。这表示名人不再负担推动读书的任务了，因为每个人平时就有阅读的习惯；而书之于人，就和食物音乐一样，必要但是日常，不足为奇也不足称道。情形就像凯瑟琳·泽塔-琼斯买了一本拿破仑传，于是汤姆·汉克斯很自然地与她聊起拿破仑与约瑟芬的往事，是戏剧的一段情节，但它本身不是一出戏。

莫记小过

只有在读书的时候,我才觉得自己是个宽容的人。因为我的信条是一本书再怎么不对劲,只要你已经翻开它了,就不妨接受它。当然接受它并不意味你必须完成它,只是一本书,既然已经买了回来又看了几页,如果气冲冲、恶狠狠地把它甩出去,然后喊一声"混账!这家伙是个白痴",岂不是对不住自己?在这个已经不够好的世界里,人是该对自己好一点的。

静下来想想,天生我材必有用呀,再糟的作者到底也是有妈生的,再坏的书也是人家花时间写的。而妈妈是个多伟大的人物,时间又是何等的宝贵呢?更何况三人行必有我师,难道一本坏书就教不了我什么吗？可别自大，坏书起码能叫你见识到世界之大，天外有天。

只是再宽容也好，不知怎的，就是有些沙石眼睛跳不过，好像吃一顿美食旁边老有苍蝇飞，挥之不去，甚是恼人。例如香港某家出版社，常出报纸文章结集，有一次我看着看着就发现它一本书里好几篇文章都有一段是重复的，而且有规律。那条规律是它的第一段必然会在后面某部分重新出现，这是为什么呢？原来那些文章在报纸上登的时候，编辑怕它太长，为了醒目和提要，于是抽出其中一段放在文首。看来是书的编辑一时大意，把那一段当成了整篇文章的第一段，重打重印了一回。不过这种报纸编辑手法，通常会把那发挥提要作用的一段字粗体标黑，以区别于正文。难道这本书的编辑和校对眼睛不好，还是这本书根本没有编辑跟校对？

有些书挺可惜的，明明不错，但就是有几处资料错误的硬伤，犹如完璧有瑕美男生疮。例如专出建筑和城市研究的台湾出版社"田园城市"，最近出了本尚算图文并茂的《涂鸦·城市糖果地图》，介绍英国街头的涂鸦艺术。两位作者在序言里引述了一句黑格尔的名言——存在即是合理的——但把它张冠李戴说成是萨特的话。开头就错，接下来怎不叫人提心吊胆。再进阶一点的,还有两位香港年轻学者写的《迷失丧拼场》,是透视消费文化深入浅出的好入门,但其中提到吉登斯(Anthony Giddens)时,却说他是"美国社会学家"。哎,人家可是拿爵士的正统英国人,还一度是布莱尔的智囊军师呢。或许,是我太过吹毛求疵。

大陆的出版业日益进步,最近连食谱都出得又有文化又漂亮。"北京汉声文化"出了一套《山西面食》,就让人看得很开胃。可是当我掀到一页捏猫耳朵的手部动作特写照时,肚子竟不禁疼了起来。只见师傅揉面团的那双手,十指指甲缝里竟是一圈黑边!这可是我多年中西食谱阅读经验里未曾得见的。难得图边文字还说做猫耳朵不需特殊工具,"只要一双干净的手"。再转念一想,卤菜名店的卤水不是常标榜一锅煮了几十年不倒不熄吗?这个道理用在面点师傅手上应该也是通的。

读者的身体

某年牛棚书展主题是"阅读与身体",虽然有很多关于身体的讲座跟活动,但是没有一项是直接谈阅读和身体的关系,有点可惜。很多人以为读书是一项纯智的行为,与肉体无关,但只要再想一想,就会发现即使是在看来很静态的阅读过程里,我们也得用上身体器官,例如眼耳手口,无一不是身体的一部分。只用理性只用灵魂,你读得了书吗?不过,如果我们把阅读看成一连串的动作和姿态,问题就来了。是什么把读书的方式和其他行动区分开来的呢?走路、睡觉、吃喝拉撒和阅读的分别,是否就只是后者总得有一书在手呢?答案,我还没想清楚,但是我可以在我的笔记里找些有意思的材料，写出来让大家帮忙，思考那阅读中的人体是什么状态。

坐

以前念哲学史的时候，有两个大思想家的阅读姿势令我印象分外深刻，一个是笛卡儿，一个是马基雅维利：笛卡儿躺着读，马基雅维利站着读，总之都不像我们这样坐着读。一般人如果躺着看书，多在夜间临睡前以书安眠，在进入个人最私密、最与世隔绝的时刻前，与这个世界做最后的交流。所以就寝前读书是种过渡，身体的一半平躺不再移动，另一半只维持最宁静、最有限的运作，意识则在充满声音、光线和对话的世界中渐渐隐退进沉默和黑暗。但是笛卡儿不同，他喜欢赖床，醒来之后继续在床上思考、看书，直到11点左右。这位现代哲学之父半辈子崇尚理性，醒来之后继续躺在床上看书，是不是要把这个过渡翻转过来，让意识渐渐清明，预备进入喧嚣的热闹世界呢？

从前我还以为笛卡儿只是个性格懒惰身体虚弱的人呢，因为他在1649年被瑞典女皇请去教哲学，一个星期有三天要早上5点半上课,我们一向晚起的大哲习惯不了,清晨天气又凉,终于患上肺炎身亡。最近我才知道,笛卡儿年轻的时候,居然是个身手不错的剑手,曾经在巴黎出手击退一帮想不利于一位淑女的醉汉。他后来还著有一部《击剑的艺术》,可惜亡佚。

《君主论》的作者马基雅维利,据说喜欢站着念书,而且还要穿上最好最华丽的朝袍,以示慎重。以前我总认为这些传说印证的,是他对学问和知识的无限尊重,教训我们后人可别把读书不当回事。原来这也是个误会。传说没错,他确实有站着读书过久导致体力不支倒地的经验,也确实在一封有名的书信里提到自己"在树林中带着但丁,去泉水旁观鸟。回家之后就脱去灰尘满布的日常衣装,换上最华贵的外袍,以最恰当的姿态进入古人的宫廷……"但问题是我们该怎样解读他的行为,如果我们依今人的阅读习惯去看这些故事,自然会得出马基雅维利读书严肃得出奇的印象,可是若放在当时的历史背景考察,就会发现马基雅维利不特别,这根本是文艺复兴学者的典型。

首先,我们都太习惯坐着看书,却忽略了其他姿势的可能,例如前面说过的躺着读,以及直直地站着。

荷兰莱顿大学图书馆有一幅著名的画，年份标记为1610年，画的是当年的大学图书馆。从画中可见一排排的书柜，戴着帽子的学者穿梭其间。书柜前面有些突出的架子，高及肩膀，架上有斜放的木板。有些学者就立在那些架子前面，把书打开摊在斜板上阅读。这就是读书架了，有点像今天教堂里的讲道台。实际上读书架与讲道台都是中古修道院常见的器具，而修道院就是那个年代的学术中心，学者也几乎没有不是修士神父的，这些人看书讲道读圣经都习惯站立。当然他们也会坐下来看书，不过站着读书绝对是常态之一，不足为奇。

如今我们若要站着阅读，多半是在地铁或巴士里面，一手握着扶杆，一手持书。所以书本不宜过大，现代口袋书流行也与公共交通工具的普及有关。但在中古欧洲，一般学者研读的书籍，其尺寸可就大多了，绝对不适宜装在袋子里到处走，更不可能只用一只手去捧读，好在他们有读书架。到了马基雅维利身处的文艺复兴时期，其实也有了小巧的十六开本（octavo），只不过这么轻便的书只适合但丁这类"流行作品"，可以带到林中随处吟诵，不宜盛载柏拉图与西塞罗的玄思和雄辩。古典著作最好还是要有古典的形态。

马基雅维利的故事让我们看到当时书分两类,一类轻装简便内容可亲,怎么舒服怎么读,另一类则庞大华美而深邃,只适合精研,如果像中古修士那样站着看就最显隆重了。读书的时候穿上一等绒袍,据意大利学者古列尔莫·卡瓦洛考证,也是读希腊罗马名家经典的仪式之一,并非马氏一人的怪癖。

手

读书一定离不开手的动作。看看书的历史,就知道书的形态必然决定了手部动作的方式,读不同形制的书,双手的使用方式也有所差异。

古书的模样,从它留在今天语言上的痕迹,可见一二。"卷"、"篇"、"册"都是文本书籍的单位,尤其"卷"与"篇",更被假设为一种意义自足完整的文本章节。一卷与另一卷之间,一篇和另一篇之间,要记的事要表达的意思,都应该有不一样的地方。其实,它们原本是书籍文献的形式和计量单位。篇指的是编纂在一起的竹简,一片片竹简,用绳索穿起来乃成一篇。如果用的绳子是牛皮所制,就叫作"韦"编。

孔子读易,"韦编三绝",一般认为说的是孔子读《易经》,一读再读,竟连编竹简的牛皮绳子都弄断了。尚要留意的是,比起用细麻绳做的"丝编",牛皮制的"韦编"要来得更坚韧也更贵重,一般只用在最重要的书上,例如被奉为先王大典的《易经》。而"三"这个字在此是虚词,代表多的意思。所以我们可以想象一下,孔子这个贵族后裔,正在认真苦读装潢华贵的《易经》,翻来卷去,好好一卷竹简,一不小心就散落开来的狼狈。

自古以来,学者们普遍相信,"篇"是竹简的单位,"卷"是丝布制"帛书"的单位,也就是说用布帛做的书应该是一张张卷起来的。"图穷匕见"——画在帛上的地图卷成一卷,看的时候一手按在先揭开的一端,另一手推着剩下的一端渐渐推展(请注意"展"这个动作,就是当时看书的常见姿势),直到末端,凶器与杀意才一起暴现。但是按今天考古发掘所见,竹简确是以卷状存放,帛书却没有成卷的,它们全是折叠起来层层压着,或者对折或者四折、六折。如果帛书的标准装帧就是折叠状,那么看它的动作肯定就不是看简书般地"卷"了。还是它也有卷起来的时候,只是收藏贮存时才换了一种处置方法呢?

相应于中国上古年代,希腊人和罗马人看的书也是卷状的,拉丁文里叫作"volumina"(英文 volume 的词源),汉译"卷轴"。它与中国汉代之前的竹简帛书的分别,就在那根轴子之有无。除了欧洲人的书有根轴棍外,虽然大家的书都呈卷状,但看的方法还是不一样的。第一个不同是文字的排列,汉字由上而下竖排成行,再从右往左刻写在一片片竹简上,读起来自然是用左手往左推好展露那未读的部分。但欧洲语文却是相反地自左而右一排排横写,所以他们的卷轴也正好得反过来读,用右手向右方舒展。第二个不同,在于看中国的书卷,是把一卷书慢慢摊展开来,看到最后书也应该就完全摊平了。可是欧洲卷轴,则是一边以右手退出未读的纸草,另一边用左手反向回卷读过的部分,于是看完一卷书它还是一卷书的模样,只是抄上文字的那一面从底面翻转到了外面,所以终卷之后还得像看完一卷录影带般往回卷。

无论中西,书卷的时代都过去了,我们现在看的书,是一页页装订起来翻动迅速方便的"书本"(codex)。将来还会不会有另一种崭新的书籍样式,需要我们采用全然不同的肢体运动来配合阅读呢?又或者电脑和鼠标的到来就已宣告人类一千多年"书本"年代的终结,就好比它们当年终结了卷轴和竹帛一样？

我只知道，今天我们坐在电脑荧幕之前，手握"老鼠"上下推移，并以指尖点压，虽是前所未见的阅读动作，但那屏幕画面的移动概念却兜了个圈回到古代，文字成为一篇连续体，而非可以断开的页面。一篇文章看到一半若想回头翻查，就得往前卷动，英文叫作"scrolling"，正是罗马人阅读卷轴的动作。

窥探灵魂
—— *At Home with Books*

每一本香港的流行杂志都会定期刊登名人采访或者设计别致的家居采访,告诉读者屋主的品位爱好和设计师的巧意匠心,叫我们叹服甚至效仿。可是,我几乎没怎么看见过有一个家庭是有书房的。就算有,也多是虚有其名的书房,除了一张桌子放了文件和电脑之外,往往就是一两座架子空空洞洞(或者简约?)站在那里。书呢?往往连一柜都装不满。假如这家人有小孩,情况可能好一点,课本和参考书总是要的。这也说明了香港的主流想法,读书是学生的事,长大就不必读了,正如钢琴是孩子必须面对的刑具,进了大学就可以放下这苦杯了。

常言道："书是一间屋子的灵魂。"为什么如此华贵如此耀目的居家环境可以没有灵魂呢？让记者来拍照这样的房子，在我看来，就像展示一座重金修建的陵墓，里头没有活人的气息。

如果这话说重了，那就再说一则我百听不厌也很乐意到处散布的真实故事。话说一个刚进哈佛的大学生很不幸地选了一门中古英语文学课，授课的老教授是个闷蛋，和课程的内容搭配得天衣无缝。好不容易暑假来了，于是这年轻人兴奋地开始他在旧书店的暑期工，每天开车去不同地点搬运人家不要的旧书，忙得不亦乐乎。有一天，他应召前去市郊一幢有片漂亮小花园的老房子收书，女主人开门引他入内后，他这才发现要收的就是那闷蛋教授的书，只是教授现在已经死了，而这年轻人就是他教过的最后一批学生。

年轻人在教授的房子里巡视，看见一整柜的侦探小说，惊异于老人有这么有趣的嗜好，便微笑起来。再看，通向花园的后门旁是两柜园艺书，寡妇说："他喜欢种花。"然后年轻人又注意到玻璃门外阳光下的草地上犹有刚洒下的水珠在闪闪发亮，而他自己的最大嗜好恰巧正是园艺。于是他下了一个决定：要自己买下教授的所有藏书。

为什么？他后来对人解释："自我看见教授的书，才知道他在课堂以外是个怎么样的人物，那些书是他的完整灵魂。如果我把它们运回书店，这些书就会被拆散分置到不同的书架上，那就等于他彻底消亡了。"为了让教授不死，直到毕业他还在替旧书店老板打工还债，好在这老板也是个有情人，给了他五折。

书是一个人的灵魂，藏书是一间房子的灵魂所在。为了窥探且公开他人的秘密，我一直想做本书，书的内容就是访问我最好奇的读书人，看看他们的家，请他们介绍自己的藏书。后来我发现台湾的边城出版社出了本《逛书架》，干的就是这等勾当，里面有杨泽、张大春和陈建铭等人壮观的书屋，比起平常在杂志上见到的那些样板房，实在富足。后来他们的魔爪又伸向了香港的读书人，编制出《逛逛书架》一辑，我只好叹息自己的动作太慢。

还好我又找到了机会，替香港电台客串一个读书节目，跑去一些名人的家里看书（到底是电视节目嘛）。可惜部分爱书的名人太精了，例如董桥先生，平常对着我等后辈总是很亲切，但这回他还没听完我的话，就立刻笑着打断："不行不行，这种事怎么可以？可不能让那么多人看。"

说到窥探书房的书,这许多年来,我最喜欢的还是《坐拥书城》(*At Home with Books*),因为它打开的书房叫人有意外之喜,并不总是文人作家那么沉闷。

例如老牌乐队"滚石"的吉他手基思·理查兹的书房。想不到吧?这位摇滚巨星居然是个书虫。书里的访问一开头也是这么写:"一个'滚石'怎可能拥有一座藏书室?一个'滚石'何时会跑去买书呢?他一年到头巡回演唱,总是同时住在好几个地方,总是被他的吉他占据。然而,没有什么别的东西,可以比得上躺在自家藏书室的沙发上埋首书堆,更要令基思·理查兹感到心满意足的了。"

原来基思·理查兹不只爱书,还收集了不少 19 世纪和 20 世纪的主要小说。他读书一来是因为巡回演出的路程很沉闷,不读书,何遣永日?其次,他是为了了解自己这一行到底是怎么回事:"我要在成千上万的人群面前工作,他们永远尖叫,永远摆动。这和一个独裁者拥有的效果差不多。我很有兴趣知道人们为什么会拜倒在独裁者跟前,又是什么刺激起了这种群众心理……我觉得一个人在舞台上的转化是很神奇的,你会变成大众狂热的一部分,在那一刻你会遗忘自己,这是否也是希特勒经历过的事呢?"所以他喜欢看有关纳粹和第二次世界大战的历史书,看他那古典风格的书架,这方面的藏书确实不少。不知道华人流行音乐圈里有谁能分享这种嗜好呢?

《生拥书城》由擅长美术图册的 Thames & Hudson 出版,当然少不了精美照片和设计的元素。他们特别造访了七位建筑师和设计师,看看这些关注视觉形象的人怎样处理令人头痛的书堆。例如曾经设计过许多著名图书馆的后现代建筑大师格雷夫斯(Michael Graves)的观点就十分特别,一般建筑师喜欢把狭小的空间弄得看起来比实际上要宽大,以避免书籍造成的压迫感,可是格雷夫斯却反其道而行,刻意使自己本来挺宽敞的藏书间变得像条窄街。他的理由是要将两壁屋顶的书架看成一条路上的迷你建筑群,走进去就像逛智慧的大城,沿路每一座楼房里都存放着专属的知识。

这本书还有一个好处,就是实用,提供了一些书迷们喜闻乐见的诀窍和资料,比方说书房里的灯光应该如何安排,书架又该怎样整理。假如你是书毒重症患者,手头宽裕,家住复式洋房,还可以按照它的介绍,去纽约帮衬"普特南滑动梯公司"(Putnam Rolling Ladder Co., Inc)。这家百年老店专长手工打造图书馆与藏书室用的楼梯,花样繁多,木质精良。买一把放在家里，肯定比廉价的铝制折梯雅观多了。记得两年前曾听林行止先生说，他也想找人做一具可以在书架前左右滑动的梯子；当时我答应给他这家公司的名字和地址，结果回头就忘了，真抱歉。只好现在抄下来以飨同好：32 Howard Street New York, NY l0013，电话：1-212-226-5147。

如果你只是有钱，但不如林先生这般爱书懂书，偏偏又想弄间壮观的书室以添风雅，那该如何是好？不怕，你可以找这本书里介绍的汤美兹（Kurt Thometz），他有家顾问公司叫作"私人图书室"（The Private Library），专门提供收集和整理藏书的服务。就算你是超级书迷，不屑他人代劳，但若拥书过万，有时要找书难免也会有望洋兴叹，此时你就知道专人服务的好处了。

我请不起专家为我服务，只好努力钻研，盼有那么一天自己成了专家，能替文化富人效劳，亦不枉一生读书矣。

书房不可无书梯

——《书天堂》

林行止先生不只是擅写评论的"香江第一健笔",更是个爱读闲书的读书人。几年前和他吃午饭,正好是他要重新装修房子的时候,而他最关心的,自然是藏书的问题。听林太太说,林先生想造一架爬梯,就像图书馆里用的那种,既方便在书架的高层取书,又可以在整面书墙前左右滑移。恰巧我在书上看到纽约有家专造书梯的"普特南滑动梯公司",后来就介绍给林先生,希望他真能从这家老字号订到一架优雅、实用又牢靠的梯子。我家可没有那么大的空间,楼底又不高,实在不需要这种专门又气派的梯子。但欲望就是如此,有一件漂亮的衣服就想要合适的配衬,接下来就该要个宽敞的衣帽间了。小时候渴盼坐拥书城"虽南面王不易"的乐趣，直到家里头书满为患，就开始思慕一架很有图书馆味道的爬梯了。尤其自从我知道这个世界上竟有普特南公司这种专造书梯的店子之后，就更是觉得生活里好像少了点什么。好在我是那种书迷，就是自己没有的东西固然想要，若是人家得了也不妒忌，反而替别人高兴，觉得自己喜欢的事物有同好欣赏，吾道果然不孤。

这就是我看钟芳玲《书天堂》的感觉。钟芳玲本行和我一样念的是哲学，但她比我强的是起码读到了博士才半途而废。照她的自述，那是因为"在写博士论文时，发现自己喜爱古登堡更甚于亚里士多德……自此抛弃哲学，投身与书相关的行业"。虽然我知道她是个勤快的作家，还做过出版社总编辑，但和大部分读者一样，我总以为她真正的职业是逛书店，而且是逛遍全世界的书店。她的第一本书《书店风景》就是份书店阅读报告，我们可以看到她怎样寻幽探秘，然后登堂入室逐一拜访欧美的著名书店。到了《书天堂》，她走得更远，连普特南都去了。

看她的描述和照片，那些林林总总五花八门的书梯简直变成了必需品。西塞罗有一句名言："没有书籍的房间，就像没有灵魂的肉体。"钟芳玲则以为:"一个充满书籍的房间,还必得包括一个普特南打造的书梯,才真正称得上完美无憾。"说得真好,假如满屋子的书就是人类文明的灵魂,又怎能没有一座梯子去测量它的深度呢?这架书梯的作用不是炫耀藏书的数量,也不是为了彰显书房的气派,更不是劳斯莱斯车头上的那只小飞人,相反,它是提醒我们的工具,告诉我们天堂总在上方,书墙前的书梯就像一把过于迷你的尺子,始终无法量度出智慧的无边极限。唉!你看,我还只是在奢望一把梯子的幻想阶段,就已经开始为拥有它辩解了。好在钟芳玲也说明了自己的情况:"我目前的书房虽已有一整面书墙,碍于地形之限,书架高度仅两米左右,两脚一蹬、手一伸,就可触及书架最上层,根本不需要书梯。"更好的是,书迷都有宽大博厚的胸怀:"在这个梦想(拥有普特南书梯)成真之前,所幸我还是能在一些书店、图书馆中,不时与普特南的书梯相遇。"

　　1543年,哥白尼出版了科学史上的经典和真正闹出革命的论著——《天体运行论》。可是如此一本撼动宇宙、推翻了地心说的巨著竟然得了一个与其名气全不相称的绰号:"没人读过的书"。理由是许多科学史家认为当年真的读过它的人其实少之又少。为什么？我想这是因为它太贵了，一部初版的《天体运行论》如今索价一百五十万美金。但是很多人看过的书也未必不贵，例如伊恩·弗雷明的"007系列"，大家就算没读过原著，至少也看过电影吧？你知道一套十四册附带原始书衣的第一版"007系列"要多少钱吗？港币六十万！

到底谁会买这些书？到底又是谁在卖这些书呢？钟芳玲在《书天堂》里提到一次外国古书商的饭局，她在席前谈起惊悚小说大家斯蒂芬·金那年刚出的一部新著，只有网上版供人下载，别无纸本发售。一堆书商听了之后，没什么反应，只是抬头问了一句："哦，那么要如何决定它的初版呢？难道第一个被人下载的版本就是初版吗？"然后迅速回到自己的话头，继续热烈讨论谁谁又得到了一部珍稀异典之类的行内故事。在很多人眼中，书痴已经是一群不可理喻的人了，而举止恬定谈吐高雅，干着"绅士的买卖"（gentleman's business）的古书商，就更是另一个世界的生物。钟芳玲在《书店风景》和《书天堂》里做的，就是把这些活在书世界里的人稍稍拉回俗世，举凡专门打造书梯的工匠、专门复制书衣的设计师，还有把整个小镇变成书市再自封为王宣布独立的狂人,原来都不过是常人。他们都干过"正常"的职业,有的是会计师,有的是工程师。究竟是什么东西驱使他们走上了这道通向天堂的阶梯呢?

钟芳玲决定把答案带到香港,让中国读者自己去发掘。不知道是怎么回事,香港的"辰冲书店"和日本澳洲的两家古书店合作,竟然想到要在香港办一次"香港国际古书展",而钟芳玲就是那个穿针引线的带路人了。看她传来的资料,真真不得了,包括开业一百五十年以上的"伯纳德·夸瑞奇古书店"(Bernard Quaritch Rare Books)在内的六十四家环球巨头都要驾临香江。除了《天体运行论》和初版全套"007",他们还带来了初版的《物种起源》、一页古登堡圣经、日本龟宝元年(公元770年)的《百万塔陀罗尼经》、莎翁的"第二对开本"(Second Folio)、明朝的《职方外纪》……我问芳玲:"你们真的疯了吗?这里是香港呀!"董桥先生知道了,也开玩笑说:"恐怕那几天就只有我一人去帮衬。"意思大概是这个浩大的书展很可能是为他一个人办的。我知道中国崛起了,全世界各行各业的商人都在盯着这块肥肉,这个书展多少是为了试试中国的水温。可是先不说中国本来就自有一个源远流长的古籍市场,大伙未必瞧得上,也未必能欣赏你那价格堪比拟宋朝善本的《天体运行论》，就算是那些向往西洋奢侈品的亿万新贵，要的也是镶满钻石的手机和奔驰的迈巴赫。第二对开本？没听过。更何况举办地点是香港，你不要以为楼下的连卡佛人头涌涌，"香港书展"大破七十万人次入场纪录，这批淑女绅士就能在这个展览里满载而归！

老实讲，那一页古登堡圣经也要四十五万港币（搭一乘A380首航头等舱的价钱），我只有在十来岁发育未成熟的时候，幻想过能捧着它翻翻，这个天堂的确不是我们的。可是各位书迷千万别被我误导，古书展丰俭由人，一百块也大有交易余地，正是"埋嚟睇，埋嚟拣；手快有，手慢冇"。我们买书不是投资，说不定遇上一部几百元的货色，正是足令此生不悔祖上添光的心头至爱，对不对？而且芳玲在书里也说了，看到书价能够开出新高，我们也应该感到骄傲，因为它表示在这个万事以金钱衡量的世界里，我们的爱好是有意义的。

旧书哪里去了

有一次在深圳演讲,一个听众起立建议在座的政府官员出手,帮忙弄个旧书市场,好激活这个新城市的文化灵魂。身为外人,当时我很不客气地指出其中难度:"旧书市不是说有就有的,非有两代以上的积累不为功。深圳是个很年轻的移民城市,平均人口年龄低,在此出生的还都在二十岁以下。老者不多,散书的人自然就少。即便勉强生造一个旧书市场,卖的恐怕也都是月前上市的新书,珍品恐怕不多。"

可是深圳偏偏就有一家挺雅致的旧书店,就在丹下健三设计的那个新书城一角。

书城大抵都是一副模样,阔大得叫人迷失,不宜久留。

但开在这间全球最大书城里的二十四小时书店却令人意外,卖的不全是畅销新书,反而有不少坊间少见的人文社科精品,尤其好的是满满两柜书话、书史和书目。我知道店主必是同好。果然,主管孙经理出来相认,身上素朴的直条衬衫,一股书虫味十米外都嗅得到。

谈得高兴,孙经理引我去隔壁一家酷似中式家具店的酒吧,居然兼营旧书买卖。书量不大,但也有许多好东西,例如一匣精美的20世纪40年代德国印中国画论线装书,更有"中国营造学社"30年代有关五台山佛光寺调查报告的初版,可惜这是非卖品。孙经理原意是伴我过来淘书,没想到竟自己一头栽了进去不理我,才不多时手上已抱住几册。他在隔壁打工卖书,挣的薪水大概都花到这里来了。我想,这里的买卖倒好做,自己成了一套循环不已、不假外求的生态系统。

旧书买卖,确实是个生态系统,要有进有出。没了源头活水,再清澈的池子很快也就成了霉臭的枯井。香港旧书业曾经兴旺过一段日子,但等到南来的老人走得差不多,地价铺租又随着大楼不断高升,现在只能剩下一片颓垣败象了,所以我现在不大逛香港那仅余几家的旧书店,怕见了难过。可是老友陈智德有不同的意见,他今年主持的"牛棚书展"

还特地开了一团"香港旧书店之旅",团友之中有专程来书展演讲的台北傅月庵与北京谢其章两位著名的书痴。

傅月庵著有一册《蠹鱼头的旧书店地图》,我以为是爱旧书者不可不看的好书。这本书不只附上了感觉很妹尾河童的插画,逐一分解台北的旧书店,居然还有淘书的"攻略"。这攻略包括了逛书店的装备图解,比方夏天的雨伞、冬天的保暖帽,还有四时皆备的大书包和水壶!其痴狂可爱,我辈书迷看了一定会打心里笑出来。

可惜台北的旧书业也和香港一样,自从牯岭街的老店迁去光华商场之后,就盛况不再,甚至一蹶不振了。照傅月庵的说法,这似乎也是大陆迁台那一代人之后源头干枯的结果。今天年轻一代的文艺青年,你要是说起牯岭街,他顶多只能联想到少年杀人事件吧。真是奇怪,香港读书风气再弱,也总有人买书呀,台湾的情况应该更好才是,可旧书都哪里去了呢?莫非我们都要学谢其章,住到北京,才能在潘家园和琉璃厂找到东西?

只有战争没有和平

最近我干过两件十分无耻的事,我要忏悔,然后我将试图为自己开脱罪行。

第一,尽管为了一个每天介绍一本书的节目忙得不可开交,但我还是在年中一点一滴地读完了瓦西里·格罗斯曼(Vasily Grossman)那本厚达八百多页的《生活与命运》(*Life and Fate*),实在是部惊人的巨著,然后我激动地到处和朋友说它有多厉害。每当有人要我形容,我就说:"嘿!它简直就是斯大林时期的《战争与和平》,俄罗斯伟大小说传统的封关之作。你能想象到了20世纪中叶,还有人会写《战争与和平》那种全景式小说吗?"闻者莫不肃然起敬,纷纷表示要弄一本回家苦读。可是,我根本就没看过《战争与和平》。

第二,2007年英语出版界中的一桩盛事,是《战争与和平》的全新英译本出炉了。和那部号称是"原始版本"实则为托尔斯泰初稿的《战争与和平》译本不同,由理查德·佩维尔(Richard Pevear)及拉里萨·沃洛霍斯基(Larissa Volokhonsky)夫妇翻译的这个本子是真真正正的全译。它不只把托尔斯泰喜欢的重复修辞完整无缺地搬到了英文版里去,让短短数百字里的七次"哭泣"照样"哭泣",不图任何加工美化,也不把它变成七个不同的同义词。这个译本连原著里的法文段落也留了下来,只随托翁以脚注形式将之译成英文。我在杂志上看到这些评论之后,就用在近日的演讲里面,以说明译事之难。然而,还是那个老问题,我既然不谙俄文,又没读过《战争与和平》,凭什么资格去拿它的翻译说事呢?

真是枉被人视作"文化人"甚至"书评人",没有读过《战争与和平》难道不是一件十分可耻的事吗?更可耻的是,我还有意无意地散布一种"其实我读过"的感觉,让别人以为整部《战争与和平》我已了然在胸。

既然我没看过它,我又怎么可能谈论它呢?说起来,这也是小时候读坏书的结果。童年时期,我也曾看过不少"世界经典名著大全"和"死前必读的百本名著"之类的鸡精书。一开始的想法很单纯,就是先图个概观,知道什么年代什么地方有些什么书,再像做功课一样好好地读下来。可是你也知道,世上有多少人能在死前真正遍读那百本名著?又有多少人真会为了读不完它们而死不瞑目呢?再加上我心野,连学校课业都从不按时完成,又怎么会乖乖地按着名单把那些吓人的经典看完?通常的情况是看过一本书之后,兴趣就从此转到旁枝的题目上了。比如说读罢莎士比亚的《恺撒大帝》,就赶紧跑去找《高卢战记》和奥古斯都的传记,于是原定的《暴风雨》就给搁下了。

这种鸡精书看多了,会有一个很大的害处,就是它能产生幻觉,让你以为自己看了很多名著,其实你只不过是知道一点皮毛。当然,这幻觉也不真是幻觉,欺得了别人,可骗不了自己,不知为不知,没看过就是没看过。然后心里就难免因外表与内容、幻象与真实之间巨大的割裂而生出令人痛苦的虚无和罪疚。何以致此?大概就和一个天天吃大量维他命药丸的人差不多,既然一粒小红丸就"能提供每日人体所需",那么他慢慢就会觉得日常饮食里的蔬果是不必要的了,甚至忘记了小黄瓜的香脆、豆苗的甜嫩。当几百页的内容被浓缩为两三页的概要，每一本书看起来都会变得很像，面目模糊，所以看与不看的分别就不重要了。

我当年就是如此，知道了《战争与和平》的梗概，也知道了屠格涅夫那本《父与子》（另一本未曾读过的经典）的主要情节，但竟然无法具体描绘出它们各自的特点，它们全都成了一团模模糊糊的"俄罗斯小说"，就像那粒工业生产的红色小药丸一样。书单代替了书，维他命代替了食物，我以为自己得到了和平，暂时止住了虚荣心发动的求知欲，换回的却是更多的战争，以及无知所导致的空无和冲突。

没读过《战争与和平》到底有多丢人呢？再无耻点说，没读过《战争与和平》却还要谈论它，难道就真是一件十恶不赦的事吗？恐怕未必，因为关于经典的最经典定义是——那些没有人看但人人都在谈的书。我觉得这个明显是嘲讽的说法其实隐约说出了真相，经典确实是用来让人说事的，而说它也确实比读它更重要。道理很简单，就看看我们身边的人吧，有谁不知道什么叫"三顾茅庐"？有谁不明白"桃园三结义"？但在21世纪的第八年，还有多少人真正读过《三国演义》这部通俗又畅销的名著呢？我很怀疑。尽管如此，我们却还是乐此不疲地引用那些典出《三国演义》的故事和段子，甚至把它们浓缩成四字成语，用它们形容看见的事，以它们表达心里的想法，仿佛人人都读过三国，都通晓里头的内容似的。

我曾见过一个广告大剌剌地印上"我思故我在"五个大字，我不敢肯定它的创作者是否看过笛卡儿的《第一哲学沉思录》，但我相当肯定他假设了大家都能理解这句话的意思，即便那很可能是误解。经典的文化价值正在于你不用读它，但它的只言片语和零散观念会自动包围你，成为你日常用语的一部分，成为你观察世界思考事物的背景。这里头当然不能排除以讹传讹的成分，于是经典的第二重定义就出现了——经典就是总会被人误会的那些书。而最大的误会莫过于人人都以为自己读过它们，其实根本没有。比如《圣经》，比如《论语》，作为思考背景和日用语言的来源，它们或许很陈旧，可是当你真正把它们当成书，以读者的身份第一次好好地打开它们细读下来，你却会发现"世界是如此的新，所有的东西都还没有名字"（你看，我又在援引经典了）。因此卡尔维诺在《为什么读经典》这篇文章里才会说："经典是，我们愈是透过道听途说而自以为了解它们，当我们实际阅读时,愈会发现它们是具有原创性、出其不意而且革新的作品。"

所以你不能因为某些经典的名字常被人挂在嘴上,就假定它们早已被人读烂,正如我们都会说话,但人类言语能力的原理对大部分人来讲还是陌生的一样,有关它的研究永远令人惊讶永远叫人神往。我原本以为自己可以理直气壮地不读《战争与和平》也依然大言不惭地谈论它,但绕了一圈,我才发现这是不可能的。因为《战争与和平》原来是本新书,读它不是为了一尽文化的义务(若单从文化角度来说,它其实是不用读的),而是因为它应该是本很有趣的新书。大部分经典都是有趣的,因为传说和真实往往差得太远,发现这个强烈的对比自然是种趣味盎然的旅程,这是段只有你一个人走的旅程。可是问题又来了,称得上经典的书实在不少,我们该从何处着手?

我没读过《战争与和平》,也很想读它,可是我为什么要把有限的时间先花在它的身上呢?我一直不能体会可读之书的数目会随年岁增长而渐渐减少的说法,它的前提是经典有限,人寿更有限,所以在活着的日子已经不多的阶段,更该集中精力攻读少数几部经典。我的经验却不是这样子的,先别说哈罗德·布鲁姆的《西方经典》里那些我可能连书名都没听过的长篇经典目录,其实只要看过的书愈多愈杂,就一定会发现一些闻所未闻的经典守在远方。例如神学,外行人只知道《神学大全》,可一旦涉足,你就会知道还有《罗马书释义》、《神学美学》……又如进化论,以前我只晓得达尔文,后来才知道不可不读的还有古尔德跟道金斯。经典绝非有限的水池,而是大海,每游出一尺,你就发现前面还有一尺,无穷无尽,足可在不知不觉间溺死那些不懂疲倦的好奇读者。怕累,或许也是不读经典的理由,但比起怕累,我们一般更怕死。所以还是读书好,起码读着读着便不知老之将至了。

翻译的态度与常识

读当红法国哲学家于连（François Jullien）的访谈录《(经由中国)从外部反思欧洲——远西对话》时，发现一个非常罕见的奇事，作者竟然和译者公开闹矛盾，而且全都呈现在这本书里。根据书前"译者的话"，译者曾多次保证中国出版译书的程序能够"出精品"，但作者于连教授就是不放心，而且不放心到了一个地步要另外写一封"作者告读者书"，并且指明要一个他信得过的人中译之后连法文原件刊印，以正视听。他想告诉读者什么呢？他说："虽然我十分感谢译者对我思想复杂性的阐述所显示出的极大耐心，我还是拒绝对该书中可能出现的误解和错误承担任何责任。特此声明!"再回到"译者的话",译者隐晦地表达了他的感受:"译者庆幸本书在中法文化交流年内出版,其宏观意义在于交流两国文化,这个'作者告读者书'也可视为对本书的一个不无意义的脚注。读者不仅可知其书也可知其人,由此更充实了文化交流的内涵。"

我不懂法文,实在没有能力判断这究竟是怎么回事,不晓得到底是译者的水平真的有限,还是作者的为人太过麻烦。就算遇上了令人看得莫名其妙的章节,我也不知道是谁的责任。好在我还有丁点常识,可以借此摸出些蛛丝马迹。在这本书的第八十九页,于连提到他 70 年代在香港新亚研究所就读的经验,可是译者似乎没听过"新亚"这个名字,于是直接按原文音译把它写作"Xinya 研究院"。此外他也不晓得"启德机场",因此就有了"Kaitak 飞机场"。如果说他没来过香港,不知道什么叫"新亚研究所",也不知道香港曾经有个新亚研究所,那倒也罢了。但接下来,这位译者竟把一代中国思想史名家徐复观先生(于连的老师),译成既有福气又有官运的"徐福官",而且还标明这是"普译"。这不是一本谈中国哲学思想的书吗?译书的人怎能连徐复观是谁都没听过呢?就算没有这方面的背景知识,随便上网查一下,也不难找到"徐复观"这三个字吧？如此苟且的态度，难怪于连教授如此不满，如此不信中国翻译能"出精品"了。读到此处，我总算知道了于连教授的"为人"是何等认真，这次"文化交流的内涵"也实在太充实了。

又有一本书，是已故美国思想家爱德华·萨义德的《人文主义与民主批评》。我在书的中译本编者前言里看到这么一句话："在另一个界标上，为了突出那句塞讷卡人格言的重要性，萨义德从一开始就投入了这个主题……"谁是塞讷卡人呢？他们又说了些什么格言？我在这篇前言的上一段又找到了这一句话："'人所固有的，我都具有'这句格言尽管已经是老生常谈……"看来这就是塞讷卡人的格言了。至于塞讷卡人，本书译者很认真地提供了一条译注，他说："塞讷卡人（Senecan），北美印第安人，易洛魁联盟中最大的部落，主要生活在美国纽约州西部。"我非常惊讶，原来这支部落竟有一句美国学界人所共知的老生常谈，而我却一无所知，于是赶紧找来英文原版学习学习。一学习我就发现，那句"人所固有的，我都具有"原来是"Nothing human is alien to me"这句名言的中译。译得对不对，姑且不谈，但这句话又哪里是什么印第安人的格言呢？但凡受过西方人文学训练的,大概都知道这句格言其实出自剧作家泰伦提乌斯(Terentius),但他可不是什么印第安人,而是两千多年前的罗马人。由此推断,所谓的"塞讷卡人"指的应该是著名的古罗马人文主义思想家"塞内卡"(Seneca),也就是暴君尼禄的老师。这篇前言的作者应该是想说,"Nothing human is alien to me"是句"塞内卡式"的格言,拥有塞内卡式的人文主义精神。看来《人文主义与民主批评》的中译者对人文主义的传统所知有限,才会把一个古罗马人当成了印第安人。难得他还要很认真地去提供一条译注,生怕读者看不懂,尽管是条错得离谱的译注。

不正常读者

失书记
——《失书记》

一

朋友搞书展搞了好几年。与困处室内人声鼎沸的官办书展不同,他喜欢在露天空旷处晒书,任一家大小如游园般地穿梭其中。白天在上,足下绿草,所以不叫它"书展",而是称之为"书节",意思很好。去年书节,朋友又想出了新招,请几位读书的"名人"公开所藏,拿十本"对我最有意义的书"出来展示。蒙不弃,我也忝列名人,于是挑了又挑,干脆凑足十一本给他。两个月后,这事早就结束,不见音讯,就打电话去问。录音留言又过两日,再直接找上吾友查询,这才知道那十一本书连同其他人的藏品一并给人盗去了！朋友当然很愧疚，但他底下的人大概觉得无所谓，要一再催促之下才给我一张失书名单，并保证替我一一购回。购回？我想他们大概不太知道什么叫作"对我最有意义的书"吧。德里达有本悼友文集，书名改得好，叫《死亡，每一个世界的消逝》。同样，每一本书的失去也都是一个世界的消逝。

收到部分偿书之后，就更证明了我的担忧。且看柏拉图对话集之《苏格拉底的申辩》，我失去的那本是上世纪古典学名家伯内特（John Burnet）翻译的《尤西弗罗篇、苏格拉底的申辩和克里同篇》（*Euthyphro, Apology of Socrates, and Crito*），英文和希腊文对照，与他们替我补回的那个今人新译版根本是两回事。这是不懂行情。再看《胡适文存》，我那四卷本是1983年的翻印，不算什么好版本，可原书精装四册，朱红封面，是伴我多年的启蒙书，如今独遗首册，又能去哪里寻回呢？《百年孤独》英文版当然买得回来，然而我借出的是2006年英国对开本书社（Folio Society）精印重制，装帧雅致，插图秀美，虽非签名首版，其价值也非一般市面通行者可比。其余各书若非昔年师长赠赐，就是别有故事。比如说托马斯·库恩（Thomas Kuhn）的《科学革命的结构》(*The Structure of Scientific Revolutions*),是我在伯克利一家老书店买的,这家令人难忘的老店现在已经停业了。那本周作人编的《明人小品选》,曾经塞在背包里伴我走过长江蜀道,旅次中不时翻阅辄有所得。卡尔维诺那本《看不见的城市》,当年我既没听过这位大家也不知道这部名作,但在洛杉矶的阳光底下,商场喷泉反照出的彩虹旁边,书里的欲望之城伊西多拉的甜美清泉与明艳色彩却实实在在地改变了我对文学的看法。书中的折痕,字行间的画线,这一切全都消失了。每一本书的失去,都是一个世界的结束。生气吗?我当然生气。还好我重读郑振铎的《劫中得书记》(新近收集在台湾大块文化出版的《失书记》里),乃明白失书亦有大小,我的小小损失比起郑先生的劫难真算不了什么。

二

任何失书之人都该看看郑振铎先生的《失书记》,乃知失书有大小,自己的珍藏尽散为小,整个文化的泉源断绝是大。所以止庵在《失书记》的序文里说:"我读《史记》,见《儒林列传》所云:'秦时焚书,伏生壁藏之。其后兵大起,流亡。

汉定，伏生求其书，亡数十篇，独得二十九篇，即以教于齐鲁之间。'每每感动不已。"因为这段话说明的正是中国人最重要的一种精神传统，不忍圣贤所传尽散于吾辈之手，故有兴灭继绝之志。

伏生一介书生，以身犯险，最终虽"亡数十篇，独得二十九篇"，然而就是这二十九篇使得齐鲁之地重新得聆古人之教，奠定了汉儒乃至于后来整个中国思想传统的基础。当年伏生把书藏在墙里，本是件多么不起眼的小事，可是以今天的眼光来看，这又是个多么伟大的成就呀。更重要的是，就算伏生也料想不到他偷偷藏起来的那些书日后竟有这么大的影响吧，他就只是凭着一股感觉，一股不忍之情，把那些书埋在砖土之中，再看着它们渐渐消失眼前，也不知日后自己身在何处，不知它们是否还能重见天日。但这一刻，他唯一要做也唯一能做的，就是让这些前人的遗产避开秦火，期诸后人，交托历史。郑振铎先生是位大藏书家，一生努力考掘中国俗文学史，编辑过的书刊不尽其数，还翻译了《国际歌》的歌词，发明了"漫画"一词。可是就像止庵先生所说的，他毕生最大的成就，或许还是在抗战期间抢救文献的艰难工作。

都已经是什么时候了，人家要不是弃笔从戎，就是写些鼓舞士气的爱国文章，一生爱书如痴的郑先生却还在收书藏书。眼看国家将亡，同辈友人也多不了解他到底在干什么，觉得他无聊。可是郑先生一方面看见许多珍稀古籍正不断流入外人之手，觉得以后中国人竟要到外国才看得见中国书是荒谬的奇耻，另一面则不断目睹战火之中被焚成纸片的文献飞舞成灰，如何不慌，如何不急？于是他放弃了自己的藏书计划，转而为国收书。一开始他靠的是个人力量，和北方书商抢书，人家背后要不是财雄势大的外国图书馆，就是正在搜寻各地方志的日本人（郑先生认为这些日本人有战略野心，目的是规划行军路线和未来的长期统治），他怎抢得过人家呢？有一回他在市面看到一堆好书，也不管阮囊羞涩，硬是全部要下，"时予实窘困甚，罄其囊，仅足此数，竟以一家十口之数月粮，作此一掷救书之豪举，事后，每自诧少年之豪气未衰也……然予力有限，岂又能尽救之乎？戚戚于心，何时可已！每在乱书堆中救得一二稍可存者，然实类愚公之移山也。天下滔滔，挽狂澜于既倒者复有谁人乎？"他后来才得到重庆方面的支援，大手入市，把当时中国图书由南往北流的趋势逆转过来，尽收民间一切有价值的珍本，为文化存一丝命脉。

三

木心《同情中断录》的序言，就只是短短一句触目惊心的话："本集十篇，皆为悼文，我曾见的生命，都只是行过，无所谓完成。"其实书亦何尝不是如此，我曾拥有、曾读过的书，在我的生命中都只是行过而已。行过，走了，无所谓完成，亦无所谓终结。我悼念一批在书展中被偷走的书，也抱怨了一下有关人员善后工作的缺失。然后有朋友认为我不该苛求献身文化事业的人，真正该受到谴责的是偷书贼。他说得对，但是我真正的意思是，这一切其实都无所谓了。藏书与藏书的失散，有时候真是不太重要的。郑振铎先生在抗战炮火中不知失却了多少私人藏书，其中"元版的书数部，明版的书二三百部"，而他醉心的清人文集收藏竟有"手稿数部，不曾刊行者也同归于尽"。但他最介介于心的，不是数十年心血的沦亡，却是对不起古人。

得到重庆政府资助，郑先生虽有钱买书，但他的日子并不好过，为避敌人耳目，有家不归，老在朋友处挂单，身上永远有一包换洗的贴身衣衫和牙刷毛巾，耳目永远留意街角的阴影和背后突然响起的脚步。买书，要秘密地买；庋藏，要秘密地藏。等到把书偷运出去了，又要挂心战火会不会波及海运的路线。尽管如此，他还是很满足："我甚至忘记了为自己收书。我的不收书，恐怕是二十年来所未有的事。但因为有大的目标在前，我便把'小我'完全忘记得干干净净。我觉得国家在购求搜罗，和我们自己在购求搜罗没有什么不同。"所以自己的珍藏付之一炬固然可惜，但若有了更大的眼界，胸怀就不同了。相比之下，我不见了几本书就实在算不得什么了。坦白讲，对于那趁乱在书展中窃去书本的人，我反而发不出什么脾气。不是因为我觉得"雅贼"特别可以原谅，而是因为我对他有点期盼。我猜他费这番周章，应该还不至于把赃物拿去当废纸卖吧，我希望他能好好看看那些书。例如《胡适文存》，曾经启蒙过我，后来束之高阁，隐蔽蒙尘，现在在他手上，又会带给他些什么呢？就算他不看，转卖给旧书商，这套书也总有面对另一个读者的一线生机吧。每一个人的藏书都是他暂时淤塞的浅滩汐湖，终有流出冲散的一天，终有回到大河海潮的一刻，本来就非我所有。那些注定没有流传价值的，就活该蒸发，回归大气。所以无意义的书，不妨尽成废纸，且还有再用的价值，堪比器官捐赠。

至于我所宝爱的那几本失书,就算作回归大海,被解放出去了,未必不可说是幸事。在我有限的见识与生命里,它们行过,行过,如此而已。

记一次书缘

念中学的时候就听过许定铭先生的大名了,知道他是香港少有的新文学时期作品收藏家,还为它们一一写下书话,好叫后人知道以前曾有如此佳果,至今不烂。那天趁着访问之便,终于有机会上了他家看书,确实眼界大开。

许先生和蔼得很,又很热情,藏书家的热情。他把刚到手的一整卷《文艺世纪》合订本拿给我看,50年代的香港左翼文学杂志。随意一翻,就见侣伦、曹聚仁和叶灵凤等熟悉的名字,还有知堂老人的文章。再翻,突然见到一个作者叫作阿南达·杜尔,写了一篇《中国文学在印度尼西亚》。天哪,该不会是已故印尼大文豪普拉姆迪亚(Pramoedya Ananta Toer)吧?

我有个习惯，每至一地旅行，必寻当地作家的作品来看。初遇普拉姆迪亚，就是多年前在印尼某机场的书店。那时离他的书解禁之日子未远，但印尼全国上下早已奉他如民族良心，一有新作，就几十万本地影印出来，地下流通。以一个异议作家而言，普拉姆迪亚也算得上坐牢第一了，不只系狱或软禁的年份够长，甚至还因分别对抗日本、荷兰与苏哈托三朝政权而出入囚室数次。硬气，肺也好，老是烟不离手，一把年纪才去，是个奇迹了。可惜的是，印尼人民很难过，觉得平白丧失一次得诺贝尔奖的机会，因为普拉姆迪亚已不止一次和诺奖擦身而过。

他的文学成就有多大，李欧梵教授已在他处不厌其烦地再三陈辩，用不着我补充。还是说回那篇《中国文学在印度尼西亚》。根据普拉姆迪亚，原来印尼最有名的中国故事是"梁山伯与祝英台"，因为印尼也有类似传说，只不过背景不同，梁祝是民间创造，而印尼的故事却是出自宫廷。普拉姆迪亚不愧是左翼作家，有跨国界的"阶级感情"，似乎认为来自中国的平民版"梁祝"要比印尼本土贵族货还要受到当地人欢迎，乃至于巴厘岛的印尼国乐甘美兰乐剧也把"梁祝"改成主要剧目！

这位"国际友人"为中文的左倾刊物撰稿,难免要特别强调郭沫若、艾青、臧克家甚至《李有才板话》在印尼翻译流布的情况。更叫人惊讶的,是鲁迅的《狂人日记》印尼译本竟是普拉姆迪亚本人动手的,以前可从未听说他会中文。除了鲁迅,他还选译了贺敬之的《白毛女》,这就可惜了,一个一流作家跑去翻译这种作品,不知是什么心理、什么滋味,我边看边想,实在捉摸不透。

我就这么站在许先生家里如获至宝地狠狠啃读普拉姆迪亚这篇短文,生怕记不住资料,几乎连访问都不想做了,电视台导演一定觉得情形很不妙。好在我早说了,许先生既和蔼又热情,看我欢喜的模样,就叫我别急。他回头到另一个柜子里翻弄书刊,居然找出另一册登了普拉姆迪亚这小文章的《文艺世纪》,放在我的手上说要送我。哈哈!这下真爽,亏我是戏子,还装了老半天不胜惶恐的样子,才"万分勉强"地把它好好装进书包。嘿,然后访问又能做了,还做得特别好。

陈老师的病

——《探幽途中》

沪上小游,当然要拜见文坛大佬。幸蒙曾经迷倒不少大学才女、如今更见倜傥的孙甘露请饭,小宝大爷、沈宏非大爷、陆灏等俱在席上,你调侃我两句,我揭你老底,一夕胡言,不在话下。但不知怎的,大伙慢慢都把损人的话招呼到一个人身上了,反正他也不大反抗,那人就是陈子善老师。

毛尖在《探幽途中》的代序《子善老师》里说:"有时候真是怀疑,这些年一批批见天日的珍贵史料,真是鲁迅真是张爱玲真是台静农很多年前很多年前写的吗?为什么全中国这么多人,就陈老师一个人看得出来?……说起来,周作人、郁达夫、徐志摩、梁实秋、叶灵凤、郭建英这些人,没有一个是他的亲戚,可他怎么就比人家老婆孩子知道的事情还多呢?"

那天夜里,怀疑开始成了指控,有人问陈老师带领的那个什么现代文学史研究室其实是不是现代文学史"创作室",还夸他和他的弟子们功夫好,学谁像谁,三不五时就又替张爱玲完成了一篇她本来也很想写的"佚文"。于是我笑着问陈老师:"怎么样?最近又有什么新发现?"没想到他竟然很正经地答道:"有篇张爱玲的东西,刚发在最新的《印刻》上了。"立刻我就哑了。见我玩笑开不下去了,毛尖迅速补位:"陈老师对学生很亲切的,那些女孩子都去他家上课。到了他家又没地方坐,陈老师只好被迫要她们坐在床边。"后来我夜访陈老师那闻名的"梅川书舍",发现原来学生真的只能坐床边,因为满屋子书,连一张好好的床都给书占得只剩寸许空格。

回到旅店,翻阅陈老师两部新著《探幽途中》和《素描》的毛边本,一边裁一边读一边想,原来陈老师有病。

在文学研究全是理论天下的今天,陈子善干的活格外不讨好。当其他行家在努力读懂吓人的术语时,陈老师就会在图书馆里泡旧报纸,一日一日地看,一页一页地翻。说好听点,这叫作为文学史钩沉索隐添砖加瓦。有人瞧不起他,就说这叫怪僻，甚至无聊。但你真能说他的兴趣是没有意义的吗？

我孤陋寡闻，看了陈老师的书话之后，才晓得民国三大才子之一的吴兴华原来这么厉害，一生没出过国，但"他在燕京大学的导师谢迪克（Harold Shedick）就曾表示，吴兴华是他在燕大的学生中才华最高的一位，足以和他的另一位高足、美国文学批评大家哈罗德·布鲁姆相匹敌"。陈子善不只善于发掘名作家的散佚作品，更喜欢重新发现那些被冷落、遗忘的优秀作家，觉得这些人的作品不是不好，而是时运不济，后人的偏见亏待了他们。例如陆小曼，在文学史上可说是臭名远播，直到近年很红火的电视剧《人间四月天》都还把她描述为害死了徐志摩的狐狸。可陈老师偏要说她才高八斗，散文真切，评论有见地，一切诬言纯属传统大男人中心思想作怪。他还带点傻气地说："也许是偏见，如果非要在三者之中作一选择，笔者是宁娶陆小曼而弃张幼仪和林徽因的。"看来日后大伙又多一个笑话了："陈子善？不就是那个喜欢陆小曼的家伙吗？"

为什么我觉得陈子善的工作很重要，你从我是个香港人的角度理解就行了。在《王家卫的文学老师》里面，陈子善向大陆读者热烈推介刘以鬯，说他当年在上海办出版社，来香港主编《香港文学》的功劳,更称他的《酒徒》真正是"中国第一部意识流小说"。对我们喜欢文学的香港人来说,这或许是老生常谈了,但内地知道刘以鬯的人有多少呢?从前在还没接触到港台文坛的时候,很多人甚至以为比《酒徒》晚了二十年的王蒙的《蝴蝶》才是中国第一部意识流小说呢。你说陈老师这篇文章是不是替香港文坛洗冤呢?且想象你是个活在上世纪 30 年代北京的"海归"学人,温源宁自然是你这圈子里闻名的大人物,知道他的作品根本是种常识。要是发现数十年后原来已没人听过这号人物,你又会作何感想呢?

虽然陈子善不爱碰理论,但他这种看似琐碎的细活却往往起到了比理论还厉害的启发作用,因为他正在不断地带领我们重新发现新大陆,而每一趟发现都能引来自省:忽视刘以鬯是不是中原中心的偏见?歧视陆小曼是不是大男人主义的错?不想碰"汉奸"胡兰成是不是我们搞混了政治与文学?

陈老师的病,是文学材料饥渴症,起于无书可读的运动年代。照他的自述,那时凡是禁书都坏不到哪里去,所以他有了不轻信传统偏见的习惯,再不受主流重视的东西都要拿来看上一眼。又由于禁书总是要费一番力气去寻觅的,所以他练就了一身上穷碧落下黄泉、动手动脚找材料的本事。难怪当年内地门禁才开,他就迅速和港台接了轨,两个岛屿的一切对他来讲,都和以前的禁书一样,是被埋没了的宝。半生埋藏故纸堆中,他的心胸却是最开阔的。对着这种人,我们自叹不如,只好常常取笑他的傻劲,他也不在意,总跟着我们笑。

一个编辑的藏品
　　——《东写西读》

其实报刊编辑和作者没有分别,他们都是作家,如果真有什么不同的话,差别或许就在于作者用键盘和笔书写,而编辑则利用作者来替自己书写。一个编辑用不着自己动笔,只需调动不同的作者,开发他们的潜能,型塑他们的风格,就能组合并装成自己心目中的理想作品。当然,我们可以争辩,作者创作如臂使指,手到心到,编辑就没有这份控制作品的能力了,不可能完全掌握每一个作者要写的东西。所以,编辑的作品永远是不完整的,永远失控。然而,又有哪一个作者真能达到令每一字都处在自己的严密蓝图之中,恰如其分、刚好到位的地步呢?如果一本杂志就是一个编辑的作品,那么好杂志就应该要风格鲜明、气息强烈了，让人一看，就感到在这芸芸作者的背后，有一双看不见的手，其手艺抢眼，令人无法视而不见。

近几年大陆芸芸文化刊物之中，编辑的作家性格最突出的就是《万象》了。很多人说它"海派"、"小资"，比起北京的《读书》多了几分闲情，多了几分旧时颜色，更多了故事。其作者有现成名家如董桥、黄裳、迈克、林行止、刘绍铭和舒国治，也有许多在这里头养出来的新秀像恺蒂、毛尖和娜斯。但不论成名与否，是老或少，大家都出奇地协调，合作酿出了一股浓淡有致的清雅韵味。

这本杂志背后的作家叫作陆灏，有"沪上美男子，当代邵洵美"之称，可是《万象》没有他的玉照，甚至看不见他的署名，更别提什么编者前言或后记了，实在是低调得很有性格的编辑。他刚离开自己一手创办的《万象》，转眼就出了一本雅致的小集《东写西读》。一个惯于躲在幕后的编辑要是亲自下笔，会写出什么样的东西呢？一打开《东写西读》就见引文，陆灏放在书里的第一篇文章是《读〈容安馆札记〉》。《容安馆札记》是现代中国作者中最擅长引经据典、摘字取词的钱锺书的晚年笔记，全书除了引文还是引文。我以前少不更事，觉得钱先生只不过博学，总是东抄西抄，没什么自己见解。后来我才理解这样的书最难写，虽旁征博引，却环环相扣，让不同的文章和书籍在自己画出来的范围里相互发明相互碰撞。就像一个指挥正在驾御庞大的管弦乐团一样，你能说一个指挥不玩乐器就不算音乐家吗？整个乐团就是他的乐器。

陆灏这本集子也是他的读书札记，记的都是他读到的有趣故事。例如其中一篇提到一类喜欢毁书的读书人（专有名词叫 biblioclast），佼佼者是达尔文，喜欢把一本厚书撕成两半，放进外套上的两个口袋，"认为这样方便携带"。大诗人华兹华斯要是进了朋友的书房，"就好像把狗熊放进了郁金香花园，会用一把满是牛油的刀，裁开一本伯克的著作，以致书中每一页都留下油渍"。同是诗家，雪莱的行动就诗意多了，喜欢折纸船，每见池塘，必从书中撕下几页折成小船下水，看它们浮游徜徉。

我想起 20 世纪德国大思想家本雅明一生痴迷收藏，不只写过许多谈收藏的文章，还为了藏书的嗜好犯穷，其最大心愿就是要"写一本完全由引文组成的书"，早逝的他当然成就不了这等伟大的宏图，唯钱先生庶几近之。至于年轻的陆灏,来日方长,不妨继续革命,这种写书的态度很像一个编辑,问题是它有意思吗?也是本雅明的话,碎屑散漫的收藏集合起来会产生"新的宏发性关系",引述回来的故事也会爆发意想不到的力量。在《举人算得了什么》一文里,陆灏先讲了一堆民国学人的逸闻趣事,最后终于说到"文革":"听朋友说,'文革'中造反派找王瑶先生训话,不知什么原因,造反派就要动手打他。王先生一边绕着桌子逃,一边哀求:大王饶命!"此情此景,当然可笑,但它爆发出来的那股力量却又不是"笑话"二字可以道尽的了。

壮哉万圣

几天前才谈到,现下要禁书可不容易了,不止盗版横行,连正当的出版商和书店也都各有神通,懂得用法律的盾牌与法外的渠道左右周旋。没想到过不了数日,我就差点在北京目睹了一幕禁书秀。地点是北大附近的万圣书园,主角是老板刘苏里夫妇。

听他俩说,那一天我要是早点到就能够赶上了,台湾出版界名人郝明义先生看了一下午,频呼过瘾长见识,让我很羡慕。原来2007年是"反右"五十周年,几位文化管理执法人员上了万圣书园,硬要没收一本谈"反右"历史的书。刘老板夫妇俩什么场面没见过,这么多年以来,哪一个"主管单位"的人都晓得，到了这个知识分子圣地得客客气气，好言相劝，不可硬干。偏偏这些执法人员平常大概捉惯了"小姐"（据说卡拉OK和书店都是"文化事业"，属于这批执法人员的管理范围），没有闯书局的经验，于是一上来就要拿营业执照（类似香港警察去夜场"查牌"）。结果惹毛了刘老板，双方闹得不可开交，最后要出动当地官员调解……

说起来刘老板也是个京城闻人，经历了80年代的风起云涌后，在90年代初的北京开了家书店，想让青年学子走向世界。由于他的背景独特，有些搞"修宪"维权的就喜欢聚到万圣的咖啡店里聊天，据说很令"有关部门"注意。其实这真是误会，刘苏里不涉政事久矣，现在专心老实做生意，一门心思全在书店上。于是万圣书园就成了北京最好的人文学术书店，不止附近的教授学生喜欢光顾，连我这等游客每回去了北京，也一定要去报到。你可别以为它像台湾的诚品书店，咖啡店里充满了精致的摆设优雅的桌椅，空气中还有高级的乐声。不，刘太太很强调他们拒绝"小资"，一切以平实为尚。最夸张的是，他们偶尔还会客气请走霸着座位喁喁谈情的情侣，因为"这是一个给人讨论问题交流思想的地方"。万圣到底好在什么地方？简单地讲，就是我从来没在那里找不到自己要找的书。尽管以大陆标准而言，它的地方不大。但是很奇怪，它摆出来的书恰巧就是我想看的，而我不想看的，一本也见不着。不像好些超级书城，你略过垃圾的时间要比真正看书的时间还多。而且不只我有这种感觉，北京"圈子里"的朋友人人都有同感。要做到这点真是不容易。在万圣，任何一本书想要进门都得经过三重审核，不入流的根本上不了架。何谓"不入流"？为免得罪人，名字我就不说了，总之，某些声震神州的文化大师全集和包赚不赔的全国畅销书，就不是他们的那杯茶。不看面子不讲关系，任你是大发行商大出版社，东西不行就是不行，凭什么你出过一百本好书，第一百零一本就一定好呢？难免有出版商给红包推书上畅销榜，也难免有人打电话来询问为什么自己的杰作你们不懂得欣赏，更有不识时务的作者在店里吵闹，不满书的位置不够显眼。你把我们刘老板当是什么人啦？他连执法大队的面子都不给，何况你这臭老九？刘苏里说他有回火了，结果就大骂一个恬不知耻的家伙："这么次的书，还好意思叫人卖？"

十年进一步

想要认识香港的独立出版社"进一步",你可以从它的朋友开始,也就是所谓的"进一步之友"。有一天,人称"江总"的"进一步"总编辑江琼珠很高兴地通知我:"恭喜你,我们的股东一致决定,正式接纳你成为'进一步之友'。"

听她的语气,似乎这是天大的恩典。可是我早就从古琼诗和吕大乐那里了解到了"进一步之友"的真相,知道这绝对不是什么划算的事。就拿吕大乐来说吧,他替"进一步"写书,不只拿不到分毫版税,甚至还要出一笔"赞助费"。意思就是你出书的成本得由你自己负担,万一(只是万一)书卖得不错,竟然赚钱,那么这笔钱就该捐给"进一步"。

你先别问这是为什么,我还没讲完呢。

据说有一次百事缠身的吕大教授迟交书稿,只是迟了一天,江总就电告他:"由于你没有按时交稿,导致我们损失惨重,所以我们一致决定你要缴纳罚款,以作赔偿。"虽然吕教授位居学院厅堂,薪高粮准,但他平日奉公守法,实在没有随时交罚金的预备,于是只好以实物代替现金。没多久,"进一步"的办公室就多了一座挺巨大的冰箱,上面贴了一张纸,写着"吕大乐敬赠"。这就叫作"进一步之友"了。不要以为"进一步"是个专门坑害友好的层压式诈骗传销机构,他们的股东不只严以律人,自己也很交足货。

为了庆贺"进一步"成立十周年而不倒之喜,他们不只在这年一口气推出了"一步十年"系列的十本小书,还在相当高尚的中环SOHO找了家法国餐馆祝捷。这天晚上,除了十本书的作者、庄陈友社长暨全体股东,座中还有我等一众"进一步之友",全场任食任饮,豪到你唔信。请吃饭的是大导演邱礼涛,在港片"滥拍王"雅号的背后,他真正的身份其实是"进一步"股东。请喝酒的是梁柏康,平常拿药房东主的职业做掩饰,实际上也是热衷各项示威集会的"进一步"股东。这两人不得了,平常再忙,也不忘"进一步"

的进步大业，随传随到，花钱如流水。

　　无论从什么角度来看，这都不是一家应该捱得了十年的出版社。我想不出什么精确简洁的解释，答案，或许就在"一步十年"这套书里。平常圈里人谈起这家独立出版社，想起的就是它很"关心社会"，爱出一些其他人不大愿出的书，胸怀天下，鼓吹运动。果然，"一步十年"本本硬桥硬马，绝无废话，没有无病呻吟，更不讲市场噱头，一派孤身走我路的风范。就算其中有个人感怀，那也是铁汉柔情。看张炳良指点江山，身在行政会议，心是学人本色。再看许迪锵的《老师没有告诉我，我也无从告诉学生的历史与文学片断及其思考》，开宗明义地说自己从小的志愿就是当老师，至今不悔，这等豪言现在又有谁吐得出口？更厉害的是这十本书里起码有七本可以算作社运见证，从70年代的女工夜校到内地民工的劫后余生，由轰动一时的保钓和艇户上岸，直到方兴未艾的独立媒体，加起来简直就是"四代香港社运人"的故事（正好吕大乐也贡献了一本《四代香港人》）。我总是不厌其烦地告诉外面的朋友，如果香港有什么值得他们称羡的好处，那都是我们争取回来的。这套书就是这个争取过程的侧记与见证了。为什么"进一步之友"老是"引颈就戮"？为什么

"进一步"股东总是开开心心地明知不可为而为之？为什么"进一步"还撑得下去？理由在于它本身就是一场社会运动，参与者有理想有热情，但又足够成熟宽容，始终相信大伙纵有分歧却还是道上的同志。遇到风浪，就有钱出钱、有力出力，彼此扶上一把。饭要一口一口地吃，路要一步一步地走。很多人批评香港社运成果不彰、力量不大，但请回首来时路，其程何以道里计？我们又岂能妄自菲薄？才走了十年，前路正是漫漫。

左派老板

我从来没见过这样的出版社老板。把公司设在吉隆坡市内的中产住宅区,太阳之下,一幢平房,几棵果树,悠闲得没有一点做生意的意思,但是马来西亚华人圈子里的社运搞手和进步知识分子还是管他叫"老板"。于是我们来到了"老板"的基地,推开纱门,换了拖鞋,一走进去就听到他说:"先等一下,我得先安排好这位朋友的事。"然后他就继续和他的菲律宾朋友交谈。

原来,这菲律宾人曾是菲共游击队员,出狱之后虽然放下了机枪,从事性质和平的社会运动,但菲国政府还是不放过他。比方说这回他从香港串运归来,入不了菲律宾国境,只好取道马来西亚,找"老板"帮忙。"老板"要安排的就是他秘密归国的路线。

没错,这真是一家出版社,满房子的书和坐在地上正在包书籍的工人完全能够证明这一点。只不过"老板"张永新不是普通人,五十九岁的年纪了,仍然充满年轻人的气息,一副高大但瘦削的身架闲散地放在木椅上,说话的时候一边用脚轻踢地上的拖鞋,一边晃动夹着香烟的右手。我听他说故事:"坐牢很好玩的,五湖四海来的都是政治犯,大家每天读书讨论,不知学到多少东西。我坐了八年,出去的时候还觉得时间不够用。"

难道坐牢不苦吗?"最要紧的是专心,不要想外面的事。如果你天天念着外头,日子自然很难过。可是你若是用心坐牢,好好学习,时间就会过得很快。我换了三次拘留营,出来之后才发现原来已经八年了。"然后他又解释:"我们不是一般作奸犯科的罪犯,他们能拿我们怎样?至于吃,反正我本来就穷,牢里的饭比我以前吃的还要好。"

"老板"这家出版社叫作"策略资讯研究中心",不只自行出了一批另类的好书,还是各国左翼出版社的大马代理(我在他的货架上就看到印尼翻译的阿尔都塞的《保卫马克思》)。

虽然他在五十岁那年才转行做书,虽然马来西亚的政治气氛很不妙,但还是被张老板找到了一条生路,如此一家小型出版社居然愈做愈兴旺。他想到一种"微型的全球化贸易",串联了几个国家的左翼出版商(例如英国的Zed Books),一齐推出大家同感兴趣的书目,然后你这里卖几百本,我那里卖几百本,环球一圈绕下来就是几千本了。原本没什么市场的另类书籍,这下子不只有机会面市,甚至还能为这些出版社带来满足理想之外的金钱报答。为什么出版社的名字是"策略资讯研究中心"呢?那是"老板"的终极理想,赚了钱之后要赞助学者研究马来西亚政治、社会和文化各方面的问题,为社会运动奠下坚实基础。他说:"其实也不用太多钱,我会找那些退了休的学者,一来他们有退休金,可以养活自己有余;二来他们也不用再受政府的限制,能够研究敏感的课题。"他轻松愉快地说了一句:"人总要做点有意义的事,对不对?这样子才快乐。"其实他这间小房子老早就是个中心了。

同行的朋友也曾当过"问题学生",他们在"老板"还没开业之前就来这地方混,关心社会策划行动,夜里就横七竖八地睡满一地。"老板"的院子里停了一辆红色的生锈破车，就在其中一棵果树荫下。朋友还记得："这车早该报废。有一次我们逃离示威现场，警察追得很紧。就是它，居然在一段上坡路死火。结果害得我们全部被捕。"不怕，张老板今非昔比，搞左翼串联搞得风生水起，如今换了一辆沃尔沃，恐怕就连载人越境都没问题了。

喧嚣城市里的孤独

我们很容易就会感到,罗志华的死其实是一个象征,象征我们的过去,如果不幸的话,甚至象征我们的未来。一个结业书店的老板,后来已经走到了连移动电话费都付不起的地步,大年二十八独自在拥挤狭小的货仓清理藏货,被意外坠下的书籍层层叠叠地压死。几天之后,开始有臭味传出,但左右邻户尚不能确定它的来源。再过十天,气味渐浓,才有人破门而入,发现他的遗体埋在书堆之下。

朋友立刻想起了捷克作家赫拉巴尔的《过于喧嚣的孤独》,我们都很喜欢的一本小说。主角是个处理废纸的工人,在三十五年来每天要压毁无数书籍文献,但外表肮脏的他竟然在这三十五年里饱览群书,遍读遭到极权政府禁制的经典,成了一个学问极大的人。最后的结局,是他抱着心爱的诗集走进压纸机里,让机器里的沉重书籍渐渐压断自己的肋骨……

我们的二楼书店

那个时候,我们每一个人都有自己逛书店的路线图,到了港岛,湾仔的"青文"一定是核心。我后来也没再见过这样的店了,马国明开的"曙光"专售英文书,与后期由罗志华主理的"青文"共同占据巴路士街楼上的一个狭小单位,一间书店其实是两间书店。一开始我总是光顾"青文","曙光"看看就好,英文书我还买不起。而"青文"曾经是诗集最多的一家店,店面虽小,文学书的种类倒是很齐全。这些书后来一直没怎么动过,十年二十年过去了,它们还在。店面成了货仓,乃一家书店开始朽坏的迹象。渐渐地,我一进门就往"曙光"的方向走,总是抱了一堆书出来才觉得内疚,好像有责任要帮罗志华买点书,不管是否重复,不管是否喜欢,我还是得捎走几本书才好。现在的"二楼书店"只是名词,真正的楼上书店甚至已经搬上十一楼了。

我们的 80 年代

那个时候大陆文化热,金观涛的"走向未来"与甘阳的"文化:中国与世界"两大丛刊书系,不只冲击了整片神州大地,也让香港的读书人看到了一丝希望。而台湾正是解严前后,各种思潮风起云涌,由下而上的社会运动方兴未艾,民进党还是股青春的民主进步力量;当年的台湾出版物记录了这一切,总是叫我们大开眼界。至于香港,新左余威犹在,"新文化人"与年轻的本土学人正吹着欧陆风,福柯、罗兰·巴特、阿尔都塞乃至后现代主义一股脑地进占了主流报刊的专栏角落。"青文"是这三种势力的汇流地,去"青文"和"曙光"打书钉,简直是进步知识分子的身份标识。后来的事,大家都知道。十年的内地新启蒙运动终止于 80 年代末,陈水扁的"执政"束缚了台湾的民间力量。香港?"新文化人"都转行了,曾经是华文世界第一本福柯专论作者的邵国华跑去开办起流行少年杂志 *Yes*。

我们的文人出版

"青文"人不多的时候,罗志华就在收银机旁编书校对。他出版了今天红得发紫的陈云回港后第一本专栏文集,出版了游静、陈冠中、丘世文、罗贵祥……丛书的名字很有气魄,叫作"文化视野"。每次见他,他都说"最近实在太忙了"。如此细小的生意,小到我不知该不该叫它做生意,究竟有什么好忙的呢?可是看起来他又真的很忙,永远坐在收银机旁吃盒饭,一副动弹不得的模样。只有一次,他问我有没有空去楼下吃饭,但那天轮到我忙了,我赶着去录电视节目。某天,我看见他正在大量影印着什么,竟然是一本诗刊。"反正卖不了多少,还不如自己影印,每期出个二三百本,卖完就算。如果还有人要,我就现场再印一份给他。"他说。

太多太多的象征意义,象征太多太多的孤独与失落。我宁愿记住一些具体的个人的事,但又不敢。

"青文"的最后一天,马家辉来电,叫我去帮忙关门收档,我又要录节目,去不成。后来再听见罗志华的消息,是朋友从他的货仓那里买来一套书赠我。呀,竟是中国美术史权威高居翰的《气势撼人》与《隔江山色》中译本,硬盒精装,插图印得比英文原版还精美。我第一次在"青文"看见这套书是80年代,虽然一见就喜欢,但一个穷中学生又怎买得起呢?只好由它消失。十多年后,它居然神奇地出现在罗志华座位后的橱子上了,很高很沉……原来他见无人帮衬,就收了起来,最近才又重新搬回来碰碰运气。我有钱买,却又嫌重,遂请他替我留着。留着、留着,我一直没有去取。

朋友知道我喜欢,在他的货仓闲逛时看见了就说要买。罗志华就对他说:"这套书我本来要留给梁文道的,也不知道他什么时候过来拿。这样子吧,你就先买,我立刻再订。"后来我还怪朋友为什么不说穿,省得罗志华再订,难道我真得去多买一套吗?

知道罗志华的死讯之后,我努力地抑止自己,要自己别去想他死的过程。他是清醒的吗?还是立刻窒息?还是在不得动弹的情况下等待了几天几夜?我好怕好怕,怕那堆书里有两本巨大沉重的《气势撼人》与《隔江山色》。罗志华,你真的为我再订了那两本书吗?罗志华,我该什么时候过来取书?

出版是门手工业

我们今天身处的这个时代,或许是人类史上第一个由不读书的人去统治其他人的时代。知识,甚至文字,在很长的时间里都是权力阶级的特权,古老的祭司,后起的王权,莫不以此为后盾,操纵不可使知之的百姓。然而,看看我们的身边,我们的社会,尤其是香港,从企业高层、政府领袖,到传媒大亨等一切实际操控大家命运的人,这里头有多少人看书呢?我指的看书,要求并不高,一年十本就够了;但这些每天决定着社会未来走向的人里头可有一半人能达到这个要求吗?我怀疑。本来这也不是问题,因为书籍早就不再是知识的唯一来源了,何况任何人也都不该怀念那个知识精英垄断权力的年头，更不应期盼它的再临。知识不再被过分地吹捧，知识人不再理所当然地备受尊崇，这都是好事，我没有任何意见。老牌出版社博益关门了，理由不是它不赚钱，而是它赚的钱不够多。对它背后的集团来讲，养一批人做不大赚钱的生意很不合乎成本效益，在账目上就更不好看了，所以结束它是再正常不过的事。

美国的重量级作家乌苏拉·勒奎恩（Ursula K. Le Guin）在 2008 年 2 月那期的《哈泼斯》杂志（*Harper's*）上呼吁所有掌控出版社的那些大集团："放我们一马吧。"她首先指出，许多历史悠久的出版社，如今都一一落入像默多克这样的大亨手中，他们收购出版社，是因为他们相信出版还是一个能赚钱的行业。近年最佳的例子莫过于"哈利·波特"系列小说和《达·芬奇密码》，但问题是全球每天出版近四千种新书，有几本"哈利·波特"和《达·芬奇密码》呢？当一个主管众多生意众多媒体的老板发现属下一家出版社干了几年都干不出"哈利·波特"时，一定会觉得这是门不好做的买卖，然后就会压缩他们，甚至要他们结业。勒奎恩的意见很简单：你们不喜欢读书，我们喜欢。你们不喜欢这门生意无所谓，别再搞出版就行了。就让我们这些既喜欢书又不怕白费力气的人，自己写书自己卖书自己买书好了，你们就别再到处收购出版社，更别再自办出版社了，行吗？我不能完全同意勒奎恩的有趣主张，可是我觉得她的话隐约指出了一个不合时宜但却非常正确的现实。

今天人人都谈文化创意产业，觉得这真是个点石成金的好买卖，只要有一点不知打哪里来的创意，就能变出天文数字般的财富。于是大家都忘了，所谓文化产业，本质其实只不过是非常土气、非常卑微的手工业罢了。许多大型时装品牌都会推出一些设计一般、大量生产的镜框，加上个商标，就突然变身为名牌高档货了。不过讲究眼镜的人都晓得，在眼镜的世界里，真正站在顶峰的其实是些传统得不能再传统的手工小作坊。例如日本的泰八郎，不开分号，不加入连锁集团，不假手于外包工厂，就他一个老头每天在那里磨胶版，一年只做不过千副眼镜，卖完就算。香港是有很多顾客排队下订金，但香港绝不会有人想做泰八郎。

出版难道不也是种手工业吗？就算大牌如北京三联，靠的岂不也就是一帮优秀的作者和眼光独到又专注勤恳的老编辑吗？这么大的事业，其骨干不外乎一群身具"手艺"的人才，用做女红的方法一针一线地把一本本书制作出来。即便如此，三联依然不是一家拥有可观利润的企业（相较于其他行业）。卖书的利润很微薄，被誉为台湾地标的"诚品书店"至今仍在收支平衡的红线上下浮沉，于是这个行业就会出现各种各样层层盘剥的怪现象。

关于这点，我有切身体会。我和朋友搞了家小出版社，虽说是自娱自乐，但也不想亏掉老本。于是伙伴常常就得勤奋地自己跑书店，看看自己出的书行情如何，问问店家销售的数字怎么样，好有资讯做根据以决定应该重印些什么书。可是有间新加坡开过来的连锁书店就是不肯给我们这必要的数字，照他们的讲法，"只要有一天你们的书还在架上，我们就绝对不会告诉你，你们的书到底卖出多少"。理论上说，他们只需永远在架上保住一本我们的书，就直到世界末日都用不着"交数"了！这其实是司空见惯的"拖数"老招，只是他们店不太怕小出版社。看起来很有品位很爱书的业者也是如此，更不消提那些不好书本只求数字的大集团了。为什么"博益"结业，背后的老板可以不释回版权给作者，自己不出书了不让其他人出呢？我觉得这还不是什么深层利益计算的结果，而是非常简单非常表面地不拿作者当回事。人家做的是产业，不是什么手工业。既然如此，那些手工艺人又有几斤几两呢?所以他们也可以毫不吝啬地销毁所有库存,既不贱卖,也不捐赠,因为他们的眼里没书。想想看,捐赠也好贱卖也好,这可都得耗用人力的。而一个真正做手工的人是不可能不爱自家出品的,就像泰八郎,假如纯粹为了赚钱,假如不是真心喜爱眼镜,他能数十年如一日地这么做下来吗?

同代诗人的悲哀
——《惜斋书话》

陈智德是我的同代人,他是我中学六年级的同学,那时就知道他既玩音乐也同时写诗。1989 年,他已经得过青年文学奖,写过一些非常出色的诗,有些句子我至今记得。

中学总是愚蠢的,唯一令人兴奋的就是放学。智德会带我这个从沙田出来的新界仔去逐一拜访旺角的楼上书店。他每次都毫不犹豫地走向属于文学的角落,找出一些诗集,站在书店里逐行指给我看,有时候甚至轻声念给我听。陈智德是我的新诗老师,教我认识了杨牧、商禽和香港人的也斯。

可惜我不是个好学生。那个年代还没有 VCD 和 DVD,更没有互联网,大家家里用的是录影机。如果想看色情电影,尤其是硬的那种，我们就要透过录影带，那叫作"咸带"。旺角真是个奇妙的地方，有最密集的书店，也聚了最多的"咸带铺"。为了应付警察的便装突击，咸带铺有自己一套交易方式，总是让客人透过相片选择喜欢的片子，再叫你离开半小时，然后他们从不知埋藏在何处的货仓把带子取来，再叫你鬼鬼祟祟地回去一手交钱、一手取货。

每回光顾咸带铺，我在那焦急的半小时里都会去附近的书店等待，往往就遇上了智德。他很高兴地与我分享新近出版的好书，浑然不觉我的心不在焉。时候一到，我就极不自然地会消失，说自己有点急事，过了半晌，才又重新出现。我想他一直都不知道我在那些奇异的二十分钟里干了什么事。

从那时起，我就明白我们虽是朋友，但会走上不同的道路。果然，2006年我俩虽各自出版了一本书话集，可是内容与风格完全迥异。相比之下，我更喜欢陈智德的《情斋书话》，罗维明设计的封面朴素淡雅，没有时兴的作者肖像，不张扬不夸大，一如书名里的"情"字，冲淡平和。他的写作态度亦然，且引作者自己在"前记"里的说法："我所欣赏的书话来往于知识和艺术表现之间，有一点自由散漫的气度，写书话的人不会赶读众人喜欢的书、附和流行的意见，不以书本等同资料或教材。"

谈香港文学为主的《情斋书话》何止不赶潮流，简直是在拾破烂。陈智德除了是位诗人，也致力于研究香港新诗的历史，考掘失落的片段，搜寻绝版的书籍刊物，这十年来可谓煞费苦心。看他这本书话，最有意思的就是他提及的许多诗刊如《秋萤》、《九分壹》和文化杂志如《工作室》与《越界》等，看起来其实一点也不古老，皆是我曾读过甚至参与过的，哪算得上历史。但再细心一想，才醒悟到原来上个世纪的八九十年代俱已过去，我们这一代人竟在不知不觉间渐渐成了上一代。如果不是有心人刻意收藏记录，它们又怎能不湮灭？这等刊物书籍正如近二十年来盖起的楼房，根本不入刻意求古者的法眼，也不会有人起意保留。智德难得的地方，就在于他不只是一头栽进报纸堆，还时时以为历史存证的眼光看眼前的一切物事，就像看着当下身边的建筑却遥想它五十年后的光景。故此，他笔下总有一股历史的温情。

访问藏书家许定铭的时候，他说藏书是为了写书话，书话写好了也就尽到责任，书也就可以散去，再漂流到另一人手。智德书话亦然："藏书是生活的另一面相，书话是读书和觅书的历程，二者同样漫长，但藏书终必散尽，留下的是一则又一则书话。"或许有人会质疑,凡是绝版的书、埋没的人岂不都是历史淘汰的残余?智德在述介叶辉《新诗地图私绘本》时这样说:"香港新诗不论在任何时代,都拥有最多最无名的诗人,或者说在香港写诗,就几乎自动成为无名诗人。"这是我同代诗人之哀,必有此哀,方有《情斋书话》。且存鸿爪于后,凭人自辩。

一家书店被海明威解放了
——《莎士比亚书店》

《莎士比亚书店》不是西尔维娅·比奇的自传,它的结尾也是莎士比亚书店的尾声。可是就算到了末日,仍然是传奇。

二战爆发,德军入城,比奇那些说英语的朋友多半游回老家,而说法语的那帮则全部成了地下反抗军。一开始书店还在营业,直到有一天,一位德国军官走进来指名要买乔伊斯的《芬尼根的守灵夜》(多高的"品位"呀,就和我们印象中的纳粹一样,就算满手血腥照样可以弹一手漂亮的贝多芬)。可是比奇不卖,她说店里只剩一本了。于是这位军官火了,声言要带人来充公整家店的东西。最后比奇进了集中营。

1944年8月尾,盟军快要打进巴黎,比奇也早被释放,那阵子她还回到了剧院街。26号那天,一辆吉普车停在书店门口,比奇听见一个低沉的声音叫喊:"西尔维娅!"那声音传遍了整条街道,原来是海明威!"我冲下楼去,撞上了迎面而来的海明威。他把我抱起来转圈圈,一边亲吻我,而街道窗边的人们都发出欢呼声。"然后海明威问她还有什么可以做,她就请他解决仍在剧院街屋顶放冷枪的纳粹狙击手。一生以好斗的男子气自豪的海明威二话不说,招呼了几个同行的大兵上楼,接着传来的是剧院街最后一次枪响。海明威和他的人马下来后又开着吉普车走掉了。海明威说,接下来要去解放里兹大饭店的酒窖。这一天,史称"海明威解放剧院街的那一天"。

就是这样,巴黎光复了,莎士比亚书店的故事也结束了。心灰意冷的比奇没有再把店办下去,二十年后,她把这个神圣的名字交托给乔治·惠特曼,让他延续一家巴黎英文书店的血脉。虽然后者也是群贤毕至,声名大噪,但始终及不上第一代的光彩。书店凭读者留名,比奇的莎士比亚以安德烈·纪德为第一批会员,以海明威的解放而告终,一般书店往来无白丁,它却是往来尽名家,恐怕在整个20世纪西方书业史上都找不到第二家了。

这到底是什么原因呢?撇开店办得好、店主有魅力这些难以深究的理由不谈,我想主要还是时代使然。回想二战之前,巴黎仍是全球文化首都,英语世界有点志气的文人作家都想去那儿混一阵。当他们到埠之后,这家罕有的英文书店自然成了会馆。更可注意的是一座文化首都的包容与自信,读《莎士比亚书店》,你会发现许多法国本土精英居然都是它的常客,这些人不像最近妄言美国没文学的那位诺贝尔奖评审那么自大,以欧陆为中心,相反,他们对爱尔兰人和正在崛起发亮的美国文学充满好奇心。

有时候那种好奇心甚至热烈到了明明不懂英文也老要来逛的地步。例如诗人莱昂-保尔·法尔格,他来书店不是看书,而是为了碰见那帮包括英语作家在内的好家伙。其中一个住在楼上的好家伙因为工作不愿开门,一抬头竟发现法尔格从窗外盯着他瞧,原来他弄来了一道梯子,自己爬到人家视窗!

老世界的英语书店既然聚汇一群新世界的新锐,它自己的英杰也就自然跟着过来凑热闹了。这是独一无二的历史契机,大战一过,欧洲尽成废墟,美国趁势而起,纽约渐渐取代巴黎,曼·雷等人也都到了大洋彼岸定居,莎士比亚的故事就很难继续说下去。

一个老外开书局,我们当然会联想起在上海卖日文书的内山书店。西尔维娅·比奇替乔伊斯出了《尤利西斯》,内山完造也帮鲁迅出版了不少东西,乔伊斯把莎士比亚书店当办公室,鲁迅也用内山书店来会客。一部英文小说要在巴黎出版,是因为当时的英语世界太封闭,鲁迅的中文作品要在上海这个半殖民地面世,而且得靠一个日本友人协助,则是那年头中国政治情势的悲剧。保守的英语世界把自己的天才赶到了巴黎,比较新潮的日本却用它的出版品引来一群求知若渴的中国知识分子。如果有人把这两家几乎同代的书店放在一起,为它们写一个既平行又相异的故事,那该有多好看呀。

叫他们去闻自己的秽物

听说乔治·惠特曼先生仍然健在,应该有九十多岁了吧。这位巴黎"莎士比亚书店"的老板,前两年我还在一部纪录片里看见他对两个女孩示范自己理发的方法:点燃一根蜡烛,然后把它凑近头顶,烧一阵子,再不慌不忙地用手拍熄头发上的烈焰。

他这家店已经成为巴黎的地标了,读书人去了巴黎可以不逛铁塔,但不能不去一趟"莎士比亚"。假如你是个年轻而贫穷的作家,觉得有朝一日必成大器,还可以去他那里短住,就睡在二楼的书架旁边搭起来的小床上。不用付费,只要帮他打杂(同时忍受他的怪脾气)。此外,他还提供早餐,你则必须留下照片和作品,也许你有天会真的成名,他的书店就多了一项活见证了。

现在实际营运"莎士比亚"的,其实是他那年轻迷人的女儿西尔维娅·比奇·惠特曼。光看这名字,就知道惠特曼先生多么崇拜上一代的比奇,又是多么希望自己创办的这家书店能够接上老"莎士比亚"的荣光。

那当然,早在1941年结业的那一家"莎士比亚"根本就不是个卖书的地方,它是现代主义的震中,20世纪西方文学的产房。且看当年那位老板西尔维娅·比奇的顾客名单:纪德、保罗·莫朗、庞德、曼·雷、艾略特、保尔·瓦雷里、瓦雷里·拉尔波、海明威、路易·阿拉贡、詹姆斯·乔伊斯、乔治·安太尔、格特鲁德·斯泰因、菲茨杰拉德、谢尔盖·爱森斯坦……他们在这里看书、聊天、抽烟、朗诵、办公,甚至在无聊的时候走进来看看自己今天会碰到谁。于是比奇多了一项奇特的新业务,就是帮人收发邮件和电报,因为许多寄居巴黎的文人干脆把"剧院街,莎士比亚书店"当作自己的通信地址。

然而,真正令"莎士比亚"名垂千古的还是出版。比奇推却了 D. H. 劳伦斯的《查泰莱夫人的情人》,把亨利·米勒的《北回归线》转介给人；可是，她出版了《尤利西斯》。她怎样全心全力地协助乔伊斯，怎样让这部文学史上的巨塔突破重重限制进入市场的故事，要知道的人早都知道了，不知道的人就该好好看看她的回忆录《莎士比亚书店》。

不知道为什么这本出了半世纪的老书要等到今天才有中文版，难道是里头的故事不精彩吗？看看达达主义大诗人阿拉贡，他和其他人一样，迷上了比奇美丽的妹妹，但是他上一个爱慕的对象是埃及艳后的木乃伊。

这本回忆录最有意思的还不是一大堆著名文人的奇闻异行，而是它们都过度符合大家对这些人的既有印象，典型得不得了：阿拉贡果然是这么的超现实，埃里克·萨蒂果然是这么的冷静节制，而且不论晴天雨天总要带一把伞上街。至于菲茨杰拉德，就和传说一样地挥霍："总是把钱放在他们住家大厅里的盘子上，如此一来，那些要来结账或者要小费的人就可以自己动手拿钱。"

叶芝一如既往地扶掖后进，他是最早为《尤利西斯》下订单的顾客之一。他的爱尔兰同乡萧伯纳就是萧伯纳，当大家都以为一向支持言论自由的他必定也会赞助这本禁书时，他却回信给比奇："当《尤利西斯》连载刊登出来的时候，我就读过了一部分。它以令人厌恶的方式记载了一个恶心的文明阶段，不过里面写的都是实话。我还真想派一队人马去包围都柏林，特别是包围城里面十五到三十岁的男性，强逼他们看这本充斥着脏话以及胡思乱想的嘲笑与淫秽之作。……我在二十岁之际抛开这一切逃到英国，四十年后的今天，我透过乔伊斯先生的书知道都柏林还是老样子，年轻人还是跟 1870 年代一样，满嘴说着乡巴佬的流氓混话……在爱尔兰，人们把猫弄干净的方式是压着它的鼻子去闻它自己的秽物。我想乔伊斯先生也是想要用同样的方式把人弄干净吧。我希望这本书能大卖。"可他自己就敬谢不敏了。

政治花边

世界上最有名的地址
——《唐宁街十号》

我喜欢看公家建筑,不是因为它们设计得分外迷人,而是它们很会说故事。仔细瞧不同政府的办公楼,他们的国会,这些房子都能告诉你这是个什么样的政府。那天在电视上看布莱尔告别英国下议院,他走的时候全体议员起立致敬,相当难得。我特别注意到坐他对面的保守党领袖大卫·卡梅伦,站起来之后回过身去挥了挥手,要后头的党友也都起来鼓掌欢送布莱尔。这个动作很好玩,简直就像在喊:"兄弟们都起来吧!"有点学生团体的感觉。

其实英国下议院向来就像学生会,甚至还有街坊俱乐部的感觉。虽然大家谈的是国家大事,而且发言的时候也都照走会议常规，但总是声响不断。遇上精彩的发言，大伙们又拍手又跺脚，叫好声连连；要是遇上不能苟同的意见，小则摇头叹气，大则呼喊喝倒彩。这么活泼的互动气氛是怎么来的呢？

我怀疑它的建筑一定起了作用。世上大概很少有比英国更寒碜的国会议事堂了，明明是战后才重新修建的，偏偏坐不下全体议员。而且除了最靠近中央的那两行之外，大家都没桌子，连文件都不知要放哪儿。更怪的是，包括首相在内，议员们竟没一个有独立座椅，全部都得像学生一样，排排坐长凳。如此拥挤的国会，气氛当然很"亲切"。

比下议院更妙的就是"唐宁街十号"了，很多人都说这是全世界最出名的地址，但问题是它为何是个"地址"呢？想想看，白宫、中南海、凡尔赛宫、克里姆林宫……全世界有哪一个大国的领导人官邸是有地址的呢？就算有，肯定也都被这个宫那个府的响亮名号遮住了。只有英国首相办公居住的地方不叫首相府，却以地址著称，活似个民宅。

为了解开这个疑惑，我把英国历史学家塞尔登（Anthony Seldon）的《唐宁街十号》（*10 Downing Street*）由头到尾读了一遍。虽然找不到明确的答案，但起码有点眉目了。

原来这座房子是18世纪的乔治二世送给"首席财政大

臣"罗伯特·沃波尔的礼物,但罗伯特·沃波尔开出了条件,说他不能以私人名义接受唐宁街上的这幢房产,除非将它保留给日后所有当上首席财政大臣的人。所谓"首席财政大臣",其实就是后来的首相,自此之后,唐宁街十号就成了内阁首辅的官邸。直到今天,它大门上最显眼的东西除了那个十号门牌之外,就是一小块刻着"首席财政大臣"字样的铜板了。

既然它本来就是唐宁街上的一座民宅,以英国政治人的习性,也就犯不着为它弄个堂皇的名号。何况按照当时贵族的标准看来,它真是普通得紧,面积不大,装修平凡。尤其那沿用至今的门厅,狭小得像一般人家的客厅。你真不敢相信这就是日不落帝国最有实权的大人物工作起居的地方,就算后来英国没落了,好歹也是 G8(八国集团)成员吧。难怪那么多镇级政府争建"白宫",却从没听说有地方要盖座唐宁街十号的。

由于唐宁街十号太过 humble,所以到了 20 世纪初叶,许多有钱的首相都宁愿继续住在自己家里,纯粹把它当作办公厅。但第一任工党首相拉姆齐·麦克唐纳就不同了,对平民出身的他来说,这简直就是豪宅。不过,1924 年他搬进来的时候很头痛,因为他没钱添置家具去填满整幢楼,结果要托他的妹妹趁百货市场大减价的时候用五十英镑去买齐床单之类的细软。依照规定，公家不管首相自住用的家私电器。不单如此，首相晚上若想请厨子来几道好菜和家人享受享受，也得另外付费，因为厨师只负责公务午膳和国宴。故此在唐宁街十号的历史上，多数首相搬出去的时候要比搬进来时更穷。

说到搬，也没有别的国家比英国更残忍。大选结束，卸任首相就得即时迁出，好让新首相立刻入住，其狼狈可想而知。好在布莱尔不用操这心，因为他一开始就刻意选住比较宽敞的唐宁街十一号财相住宅；而戈登·布朗则一直被派到十号楼上，所以这位新首相就连家都不用搬了。

政治化妆师的内幕工作
——《政治化妆师日记》

"政治化妆师"（Spin Doctor）近年大行其道，连香港这个小小的"亚洲国际城市"也在酝酿它自己的"政治化妆师"文化。但是要当"政治化妆师"，首先要懂得审时度势。如今特区政府的传讯工作把持在一众公务员出身的新闻官手上，外人孤身空降不啻坠入地雷阵，恐怕出师未成就先被万刀插背，死无葬身之地。

关心英国政坛消息的，当然知道谁是阿拉斯泰尔·坎贝尔，首相布莱尔最得力的右手，英国的头号政治化妆师，离开政坛前的职务正是唐宁街十号的"传讯主任"。英国新闻界普遍认为现在的工党政府基本上是个 Spin 机器，几乎所有的政治行动都是从怎样打形象战的角度出发,几乎所有的政策制定也都是从一开始就想好如何利用传媒,而坎贝尔就是这部机器背后的最大动力。

坎贝尔还没出书,大家没办法一窥其魔法的秘诀,倒是可以先看看其助手兰斯·普莱斯(Lance Price)这本《政治化妆师日记》(*The Spin Doctor's Diary: Inside Number 10 with New Labour*),据说是英国史上第一本政治化妆师的回忆录。这本书还未出版,就先在英国引起了一阵小风波。原因是普莱斯身为离任不久的官员,书稿必须送交政府审查,一审之下有些内容就得删除了。

即使如此,这本书还是汁液丰厚,可读性极高。比方说布莱尔首次派兵伊拉克,虽然公开说这个决定背后"心情沉重";但在普莱斯眼中的年轻首相其实有点兴奋,觉得派兵海外是个"领导人迈向成熟"的表现。此外,英国的报纸还在本书中注意到原来布莱尔率领的团队赢得第二次大选之后,竟有工党官员乐极忘形,在祝捷会当晚于布莱尔办公室的沙发上干起事来。可见这本书 sexy 的程度。

如果你对英国政界内幕不感兴趣,只想知道一个政治化妆师应怎样替政治化妆的话,我可以告诉你,这本书会叫你失望。原因正如刘细良在报端一篇明智之作中所说的，现代政治化妆师和纳粹的宣传大王戈培尔不同，他工作的环境必定是个成熟的民主体制。诚然，这些 Spin Doctor 的能量很大，连当年轰动一时的保守党员国会议员伍劭恩过档工党一事，竟也是普莱斯一手操办。但理由不单是主政者有多信任这批心腹，他们又有多能干，而是影响重大的政治行动必定会经过传媒达到百姓耳中。百姓，或者说选民，是政府的命根子，因此任何政策或政治活动不得不考虑人民的感受，而人民的感受是可以被传媒塑造的，所以在民主政治变成（也可以说是沦为）"感受政治"的今天，特别需要有这些精通传媒操弄之术的专家从头到尾参与最高决策。

说到尾，我们都还用不着 Spin Doctor，因为国情不同。

帝国的哨站
——《帝国步兵》

"美帝"不再是一个骂人的字眼了,"帝国"现在是许多爱国的美国人用来描述自己国家的概念。美国怎么会成了一个帝国呢?不要谈复杂的全球经济秩序,也不用深究美国财团与"军火工业复合体"中间那千丝万缕的关系,更不用收集好莱坞电影商全球盈利的数字,我们只需要看一张最简单最实际的地图,五角大楼的主要会议室里都悬挂了一幅"指挥部责任区全图",一幅世界地图,它把地球分成五大块:北方指挥部、南方指挥部、欧洲指挥部、中央指挥部和太平洋指挥部。罗伯特·卡普兰(Robert Kaplan)在他的《帝国步兵》(*Imperial Grunts*)里举了一个很生动的例子说明这张地图的涵义:"这张图没有遗漏地表上的任何一点。如果站在北极点这个所有经线会聚的地方,我可能有一只脚踩在北方指挥部的地盘,而另一只脚则停在太平洋指挥部的辖区;如果我的腿移动了,那就会踏入欧洲指挥部的责任范围。"

这就叫作帝国,有史以来,人类史上还没有一个国家能够像美国这样,把整个地球纳入它的军事管控范围之内。当然,我们可以说这像是个军事迷小鬼的幻想,起码中国人民解放军是不受美国支配的。可是请考虑这张图的名字里"责任"二字的意思,它表示美国把全世界任何地区的军队调动和保安问题都看作是它应该注意的责任。根据卡普兰,直到目前为止,美国不只在五十九个国家设有基地,甚至早在"9·11"发生之前,它的特别指挥部每年就要在一百七十一个国家执行不同的任务,例如蒙古,美国大使馆的武官威海姆上校就身肩了一项重任,他认为蒙古是一条判断中国未来意图的警戒线,而他决心要使成吉思汗的后人成为美利坚帝国的"维和廓尔喀人(Gurkha)"。威海姆上校毕业自西点军校,加入过传奇的"101空降师",又曾留学列宁格勒,在波斯尼亚参与过维和任务,现在他在蒙古开了家小诊所医治有需要的百姓。在卡普兰的笔下,威海姆上校是典型的帝国边境前哨兵,身兼军事顾问和外交官双重身份。他领着卡普兰游遍戈壁,大部分时候都穿梭在中国边境,其中还有好几次和中国军队打了照面。他不是去旅游,而是要去不同的村镇牧场亲身感谢那些让儿子随美军远征伊拉克的父母,蒙古是第一个响应美国号召驻军伊拉克的国家之一。当地的军人都很信任威海姆上校,有个军官还在酒酣饭饱之余说:"我在电视上看到很多反战示威,但美国还是采取了行动。身为一个军人,这让我印象非常深刻。我很想知道,要是有一天蒙古受到侵略,美国会不会像防卫科威特一样防卫我们?"刚刚还以军人间的汉子情谊和大伙玩得很高兴的威海姆上校立刻回复外交官的冷静:"我想不会,但我们会帮蒙古防卫它自己。"

在访问威海姆上校的最后几天,卡普兰一行应邀登上了一座火山,上校向他解释:"这是他们的圣山,来此祭献是崇高的行为。俄罗斯和中国的武官都不会跟他们这么辛苦地爬上来,所以蒙古人信任我们多于中国和俄罗斯,因我们尊重习俗,我们爱蒙古。"卡普兰有点明知故问地提出了一个问题:"我们美国人干吗要来蒙古?"饱历风霜的上校回答:"在'9·11'发生之前,很多人也不明白我们为何要把兵力投放在阿富汗边境等中亚地区。永远不要说'永不'。谁知道万一有一天朝鲜垮了，无数难民涌来，这个地方会变成什么样子？"

罗伯特·卡普兰最初混得不是太好，出了两本书都卖得不怎么样，直到1991年的某一天，有人发现克林顿总统手上抱着一本《巴尔干幽魂》(*Balkan Ghosts*)。当年的美国市场对这类题材不大感兴趣，卡普兰的书稿因此还遭过好几个出版社的拒绝，可是克林顿的助手却说它对总统起到了很大的作用，使他相信出兵干预波斯尼亚是件不智的事。卡普兰整本书想说的，就是远离巴尔干，因为这是个命中注定的火药库，宗教冲突、族群分裂，任谁介入都是白费工夫。因此，许多批判美国坐视波斯尼亚人道危机的知识分子后来都把卡普兰列为祸首之一。卡普兰的第二个总统读者，就是接下来的小布什了。这位以文法错乱、胸无点墨著称的大老粗竟然很喜欢卡普兰的《帝国步兵》，觉得他写出了美国军人在全世界各种险恶地带表现出来的勇敢坚毅。

在政治光谱上，他是那种右翼的新帝国论者，主张美国不能再扭扭捏捏下去了，反而应该大方承认，老子就是个帝国，而且是有史以来第一个真真正正的全球帝国。承认这一点，对人对己都有好处，自己的政策不含糊，人家对你也是敬畏有加。尽管我觉得这一派人完全是在胡扯，但也不得不佩服卡普兰的本事。他的叙述功力实在一流，结合了旅游文学的猎奇风味与战地记者的敏锐深度，把一个个士兵写得有血有肉，将他们身处的环境描绘得声色俱全。可以想见，小布什纵然不上前线，也能透过这本书产生亲临现场检阅部属的幻觉。

如今的卡普兰已非吴下阿蒙，要是没有位高权重的读者在背后支持，要是没有美国军方的引导护航，他怎能跑遍全球美军驻地，实行他的前线采访计划，接触一般记者摸都摸不到的秘密特种部队呢（《帝国步兵》只是整个计划的第一步，他的第二本美军采访录刚刚在美国面世了）？不过，他却常常反过来指责军方高层，认为这些坐在冷气房里的五角大厦高层与参谋长联席会议里的官僚将领，根本配不上底下那批默默耕耘的实干军人。在他的笔下，无论是派驻蒙古大使馆的武官，还是在中美洲雨林里对付游击队的士兵，全是好样的，而华盛顿那堆坐在沙发上的大脑根本不知道真实的世界是怎么样的，所以他这本书的副题特别强调"落地"（on the ground）这两个字。一般读者应该都能轻易接受这种对比，因为好莱坞电影就总是喜欢把前线士兵塑造成能力超凡、天真单纯的爱国者。相反,上层的将领和穿西装的国安顾问则无一不是无能又冷血的阴险之徒。

单从写作角度去看,卡普兰的最大问题是有这份美化基层士兵之嫌,而这种过分的美化则来自另一种传统的类型对比,那就是手无缚鸡之力的书生和粗鲁但却一片赤忱的武夫之间的差异了。卡普兰不只批评军政头目,他更讨厌那些只懂得反战的所谓知识分子与空谈理论的学院蛋头,在满脸汗污的真正男子汉面前,这些家伙就和侮辱从越南归来的Rambo的大学生一样无耻。这当然是一种传统,一种文人的传统。很奇怪,由古至今,最好战的通常不是身经百战的武将,而是写书论道的文人。

许多文人都有一种精神病,老是嫌自己的生活贫血苍白,虚幻不实,于是把幻想投射在军人身上,认为肌肉就是生命的本质,血汗就是存在的见证。推演下来,一个二等兵的粗言秽语自然要比文人的反战推理真实,子弹更是要比言辞有力,难怪罗伯特虽然没有提出什么有力的论据去批驳反战蛋头的说法,可他还是坚持自己在前线基地上看到的一切就是最实在的见证,毋须多言。谁要是再举标语,就给他一颗子弹。

《帝国步兵》书名里的那个"grunt"本来指的是重装步兵走动起来发出的咕哝声,乃贬视基层士兵的字眼;可是被人瞧不起的步兵却反过来以此自豪,干脆以"grunt"自称。就像"大老粗"三字原没什么好意思,但有人偏偏喜欢用"大老粗"说明自己的粗豪坦荡。假如卡普兰生在中国,他一定就是"狼图腾"的作者,说不定还会把书名改成《我是野狼我怕谁》。

气度

2006年法兰克福书展的其中一个重头戏是高行健的演讲，据闻近年身体不大好的他演讲起来还是神采飞扬、温婉动人。而他说的，当然是法语。又听说有些参展的中国出版社员工也去凑热闹，不过竟然对人表示："我们好像听过有这人，但不大清楚他到底是谁。"

对于这位第一个夺得诺贝尔文学奖的华裔作家的遭遇，我始终觉得叫人羞耻。为什么当年我们就不能大大方方地说一句："高先生获奖是我们全体华人的骄傲，我们谨向他致上由衷的祝贺。当然大家也知道高先生过去对中国有他个人的看法，但是国家现在已经很不一样了，国民生活安康，社会环境稳定，经济形势一片大好……我们欢迎高先生随时回祖国看看，和我们分享他的荣耀。游子归乡，想必能为高先生带来更多的写作灵感。"

2006年的诺贝尔文学奖也是在政治争议声中诞生的。因为土耳其的帕慕克（Orhan Pamuk）前一年2月才在瑞士对记者说，"在20世纪对亚美尼亚人和库尔德人的种族屠杀事件上，奥斯曼土耳其帝国有罪。三万人和一百万人惨遭杀害"，于是被他的老乡告上法庭，罪名是土耳其刑法第三〇一条的"亵渎土耳其国格及其政府"。按照这条法例的规定，如果被告是在国外发表有关言论，则罪加一等，最高可判入狱三年。关于后面这点，我们中国人都明白，这叫作"去外面唱衰自己人"，十分严重。

虽然现在的土耳其和过去的奥斯曼帝国是两个国家，但土耳其官方至今否认帕慕克所说的那场屠杀。不是说当年没杀人，也不是不承认的确死了一百万库尔德人和亚美尼亚人，而是否认那算屠杀，因为"屠杀得是有系统的"。所以帕慕克这么对外人说话就不对了，不只和官方认识有冲突，而且还侮辱了土耳其人。

其实这条"三〇一"向来恶名昭彰，已经有不少作家和记者因它上庭入狱,所以有些帕慕克的朋友恭喜他:"你终于成为真正的土耳其作家了。"只不过这回被告的帕慕克正好被举世公认为土耳其在世的最伟大作家,又恰巧遇上土耳其加入欧盟的进程正在拖延胶着的情况,事件难免就被炒大了,不只《魔鬼诗篇》的作者萨尔曼·拉什迪公开呼吁欧盟不要让土耳其这样的国家加入,许多欧洲政要也捉住这个机会教训土耳其。更大的打击来自法国国会,他们正好在诺贝尔奖宣布的前一天初步通过法案,日后严禁任何人发表否认土耳其帝国大屠杀事件的言论。

你想,这下子算不算火上加油?帕慕克是不是勾结外敌,卖国求荣?果然,才刚得知他是诺贝尔奖得主,立刻就有土耳其国民上街抗议,更有报刊发表猛烈抨击。可是当记者问起土耳其官方意见的时候,人家文化部副部长却是落落大方:"这是土耳其文化的光荣。至于政治问题,我想大家一定知道,历届诺贝尔文学奖得主都曾对他本国的政治发表过重要声明。"

国际视野

——《单片镜》

香港真是个国际大都会,香港人都很有国际视野,街上随便一个小男生小女生都能告诉你哪一个名牌最近开了旗舰店,它的历史有多辉煌,它的设计师又有多传奇。了不起。那天和朋友聊起这个题目,他神秘兮兮地问了一个问题:"喂,你知道那些名牌的本地代理和公关平常都看些什么杂志吗?"这我倒从来没想过,也不知他这一问是否另有玄机,只好老实回答:"不知道。怎么啦?"他压低声线,似有天大秘密:"他们呀,最爱看的就是八卦杂志了,因为要随时搞清楚哪个明星的行情正在下滑,哪一个又有当代言人的潜质。"这个圈子我认识得太少,不知道这朋友的说法有多准确,但我相信事实并非如此。那帮人最起码要看许多国际潮流杂志吧,不吸收一点最新的生活时尚和设计口味,别说干不好这门专业,恐怕连同行见面也嫌话题不够。可是再想下去又发现了一个怪现象,原来本城的杂志市场和读者分类还真是楚河汉界,泾渭分明:看严肃时事财经刊物的多半不大碰时装杂志,而潮流生活杂志的踏实读者呢,你又总觉得他们不像是《经济学人》的订户。但其他地方好像不是这样的,例如英国版的 *GQ* 就老做英国首相戈登·布朗这类政坛领袖的专访。香港同类型的男性杂志会去访问曾荫权吗?当然不会。

近十年来我们目睹了设计的热潮,设计师成了无所不能的英雄,大如城市小至牙签,没有什么是不能设计、不被追捧的。就算出门在外,也一定要住进精心设计的"精品"酒店。*Wallpaper* 是这股潮流的大旗手,虽然它的水准声势已大不如前,可还是有不少弄潮儿继续跟随。以我所知,这份杂志的本地读者一般是不会对日本自卫队感兴趣的,除非日本自卫队的制服是名师手笔。但是《壁纸》(*Wallpaper*)创办人 Tyler Brûlé 却很想知道日本自卫队的虚实,所以他把新杂志《单片镜》(*Monocle*)创刊号的封面献给了这支亚洲最强的海军,甚至得到日本首相办公室的特许,得以深入采访海上自卫队的训练过程。第二期,他又和团队走到北欧,但谈的不是北欧设计,而是挪威的外交政策和能源问题。如果要打比方的话,这大概有点像《号外》的总编辑突然去了《信报月刊》上班。

《单片镜》到底是本怎么样的杂志呢?同一期里,它会分析伊朗总统的形象问题,介绍俄罗斯老工业城的新生,展示新一季风衣的选择,罗列里斯本的好去处。你不妨想象一下,把《外交政策》、《财富》、《壁纸》和《连线》加起来会是什么模样?同时它又是真正国际化的刊物,虽然用的是英文,基地在欧洲,但从阿富汗电台播放的音乐到墨西哥新兴的港口城市,它都找到了专人报道。Tyler Brûlé 不愧是个杂志奇才,不只集合了一批高手打破传统的分类,政治财经文化和潮流共冶一炉,还在既有的范围里开发出全新的角度与题材。比如说财经,他们会采访国际武器展的主办人,讨论军火贸易的趋势。至于服装,他们会评论新西兰总理衣着品味的政治涵义。这都是在老派财经新闻和潮流通信上看不到的怪主意。其实这份新杂志的读者老早就有了,那大概是一群既关心国际局势又追逐文化新潮的跨国飞机客,但它最大的创意就在于划定了一个新范畴,集合了他们,用杂志标明他们的存在与身份。据说香港就快比得上纽约了,这种人自是不少。

独立建国不是梦

——《微型国家》

举世知名的"寂寞星球"(Lonely Planet)近年在旅游指南之外还出版了一系列好玩的小书,其中最新的一部是《微型国家》(Micronations)。"微型国家"不是梵蒂冈这类举世知名广受承认的正式小国,而是像这本书的副题所指,乃一种"自制"(homemade)的小国。什么样的国家才算是自家炮制的小国呢?且看这本"旅游指南"介绍的第一个实例,也是最有名的微型国家——西兰公国。它其实只是英格兰外海上一座废弃了的炮台,上个世纪60年代有一个叫作派迪·罗伊·贝茨(Paddy Roy Bates)的家伙和伙伴登了上去,架设起自己的地下电台嬉戏。后来他愈玩愈认真,干脆宣布独立,把这座四百五十平方米大小的海上炮台命名为"西兰公国",自称"罗伊大公"。

本来这只不过像是一个长不大的孩子的疯狂游戏,但1968年的一桩事件却改变了这个"国家"的命运。话说当年大公一家入境英国采购生活补给,被英国警方乘机拘捕,理由是他曾开枪袭击试图接近那座炮台的皇家海军。最后法庭居然判决英国政府无权干涉大公的行动,因为那座炮台确实不在英国领海范围以内。这个判例不只间接确立了西兰公国的地位,还触发了世上许多"建国者"的雄心壮志。

更戏剧性的事故发生在十年之后。原籍德国的西兰"首相"阿森巴赫借着大公出国的机会串通外敌,发动"政变",俘虏了大公的儿子做人质。但英勇的王储在短短数天之内就反败为胜,扣押叛徒。阿森巴赫虽然早就入籍西兰公国,不过德国可没忘记她的子女,于是请求英国协助。然而既有1968年的法庭裁决在先,英国政府对它主权范围外的纠纷自是爱莫能助。百般无奈的德国只好派外交官去和赖恩大公谈判,这下子大公可爽了。为什么?因为根据所有微型国家迷最喜爱的《蒙特维多公约》(Montevideo Convention),一个国家的成立要满足四大条件:一、有常住人口;二、有确定的疆域;三、有政府;四、有和其他国建立关系的能力。其中最难达到的就是第四条,相当于被他国承认。德国都派外交官来交涉了,西兰公国还不算一个主权独立的国家吗?

在常常闹新闻见报的西兰公国之外,《微型国家》还介绍了四十九个形态不同的自制小国。其中有帝国、王国、共和国,政制差别极其多样,几个位处澳洲和英国内部的公国干脆效法"邻邦",接受英女皇为国家元首。有一些国家还搞得相当认真,不只有自己的宪法、货币和邮票,甚至还建立了军队。例如美国内华达州境内的"莫洛西亚共和国",虽然四周都是沙漠,国民不超过四人,但却拥有独立的海军,其主要装备是一艘橡皮艇。又如自称是澳洲大陆上第二大国的"哈特河谷公国",更曾因为不堪澳洲税务官员的骚扰而对澳"宣战"。但大家千万别以为它是个穷兵黩武的军人国家,它的统治者深明科教兴国的道理,故此特设"皇家高等研究院"一所,且有学刊供人发表论文。这些建国者的目的各有不同,有的是为了对抗原有政府的"暴政",比方说收税,更常见的理由就是为了好玩。

英国喜剧演员丹尼·华莱士替 BBC 主持了一个专门介

绍微型国家的电视节目 *How To Start Your Own Country* 之后,就写了一份独立宣言给布莱尔首相,宣布自己的住宅正式脱离联合王国,国号"可爱的",自称国王丹尼一世。

打工妹的声音

——《失语者的呼声——中国打工妹口述》

在电视台主持节目,时常会收到一些陌生人的来信。像这个小女孩,她告诉我:"我们村子现在已经看不到你们的节目了,这是一块落后闭塞的地方,什么都没有……我常和父母吵架,我觉得他们一点也不理解我……其实我自己也不知道自己想要什么,我只知道我要离开这里,到外面的世界去看一看……我想活得更有意思一点。"

每次看到这种从农村寄来的信,心情都会特别复杂。我一方面能够在它们急切的语调里读出作者的苦闷、青春期的躁动与对不同生存方式的想象;另一方面,我又担心这些年轻人的去向,他们后来会不会真的出城?会不会变成所谓的

"打工妹"呢？一种庞大而晦暗的群体。他们总是使用"出"这个字眼去描述由农村到城市的历程，仿佛到城市打工就是一种"出路"。然而当他们一批批来到城市之后，很可能会发现那些高大的楼群与鲜艳的广告牌其实和他们一点关系都没有。他们是出来了，可他们依然是主流媒体里无法显像的一团暗影。

然后我会自责，觉得自己的工作参与了他们那种"出城"欲望的养成，以光鲜的画面向他们保证了一个丰富而多彩的"外面"。我是不是误导了他们，甚至欺骗了他们呢？

"女工关怀"是一个专门协助中国外出女工的民间团体，看他们编集的《失语者的呼声——中国打工妹口述》，你就会明白为什么我说自己有份欺骗了她们。有那么多的女孩以为自己来到城市可以赚到更多的钱，过更体面的生活，结果却是因工断了手指，甚至丧失生命。更不用提那些老板种种克扣工资、拖瞒赔款的惯伎。至于给人当作机器畜牲般地驱使，只不过是日常生活的一部分罢了（其中有个女孩忍不住去找经理诉苦，那经理却"说他是皇帝，我们没资格与他谈条件"）。

这种故事我们并不陌生，大家知道曾做为"世界工厂"

的中国，价格的竞争力正来自这些在高温机房里熬夜加班、在伤人于无形的空气与化学品中茫然赶工的打工仔、打工妹。

《失语者的呼声》最特别的地方，是它的编者用打工妹的自述去拆散了这种单面的苦难印象，将一个群体还原成多样的个体，每一个人都有他自己的故事。不是说他们的生活原来美丽，全无受骗被欺的经验，而是即便如此，也真有人过得比以前好。例如五十多岁的翠姨从重庆来到深圳，就觉得自己打工的生涯不错。因为有了独立的收入，承担了家庭的大部分开支，她回到家里不只不用再受丈夫的气，而且还得到了一份传统农村妇女难得的尊严。这是为什么？

正如"女工关怀"的成员，香港科技大学的潘毅教授在导言里所说，这二十多年来从"工人"到"打工妹"的转变是惊人的。工人阶级在过去是社会主义国家的主人，地位崇高，打工妹的"打工"则意味着身份变成了为"资本主义老板"工作的工人。这里的"妹"字更是复杂，因为这是个性别身份。于是一个打工妹既被困在一个随时可以被解雇、经常受到压榨的打工处境，同时又是个试图改变自己女性地位的主体，为了抗拒逼婚与传统农村的家务劳动而外出。

《失语者的呼声》使我明白打工妹固然失语，但是仍有呼声。她们在城乡的差距之间,在经济的变化之中,在我们媒体提供的世界里产生了欲望。这种欲望会叫她们碰到残酷的现实,但也是一种抗争的动力:从前是抗争农村生活里的性别分工,将来就是抗争劳动关系里的压迫与不公。

1945 那一年

——《旧闻记者》

我们如今读报,觉得世事人所共知,真正发生过的总忘不掉。可是只要试过看旧报纸,你就明了,人的记性实在有时限,那个曾经存在的世界,竟可被扫得干干净净、不留余尘。于是钱钢套上毛衣、戴好围巾,走入香港大学图书馆干净的特藏部,顺着时序在微缩胶卷阅读机上翻遍六十年前整整一年的华文报纸。那一年是1945年,抗战结束,香港光复,内战却即将爆发。

比起当年的《唐山大地震》,钱钢这回的工作看来舒服多了,但他读报写成的心得《旧闻记者》,论分量却一点也不比前作轻。不只是那一年如此关键,让中国人从紧张、狂喜再到失望，更因为他的细心观察与饱蕴情感的文字抹去了昏黄的色彩，复现了当时国人共同拥有的世界：在那样的时代，他们怎样结婚？吃什么药？又看些什么书呢？这不只是一本谈历史的书，而且光用报纸作材料也很难说得上准确详尽。但报纸却是大众认识周遭环境的透镜，并形塑了社会的共同感，所以我才说那是一度存在的人间世，所以这才是一本复活夙昔的奇书。

钱钢是个记者，重读老报纸，他当然格外留意1945年的报纸性格和记者人格，更看到了左右舆论环境的巨大力量。例如1941年12月9日的香港《华侨日报》头条是"敌人竟向香港闪电袭击，全体军民一致起来杀敌"，到了27日就变成"停战后市区安谧"，且有小题注明"抢掠虽有数处，歹徒均遭痛惩"。那真是新闻行业人不如人鬼不似鬼的艰困时期，亲中央的，亲英的，亲伪政权的，各有各的喉舌机关，有点骨气的新闻人几乎是无所逃于天地间。

好在还有《大公报》。香港的《信报》易手，许多人又想起中国文人办报的小传统。而说到文人办报，又怎能不提《大公报》呢？看完《旧闻记者》，很难不被这份已经消失的报纸感动（我说的是1945年的《大公报》）。时任总编辑的王芸生曾在社论"求饶",求那些只懂得"推、拖、骗、混"的国民党官僚,既是国难当前,就"饶了国家"吧,又在社评历数中国"偶语弃市、焚书坑儒、为尊者讳等黑暗往事",还批评"政府高压、士人自讳,在这双重的枷锁之下,自然更不会有新闻自由与言论自由的产生"。

日本投降,《大公报》竟能在两天后就呼吁大家不要鄙视日本人民:"看昨天昭和宣布投降书时的东京景象,以及内外军民一致奉诏的忠诚,实在令人悲悯,甚且值得尊敬。"反观胜利之后前往接受沦陷区的一批重庆要人,却跋扈嚣张,把曾经"箪食壶浆以迎王师"的沦陷区百姓当成待宰羊羔,《大公报》不只披露他们的丑行,还发表评论痛斥。

国共谈判,《大公报》两边不讨好,在社论里还说"假如我是蒋主席,将立刻宣布国民党不再专政,还政于民"。"假如我是毛泽东,我要求国民党结束训政……"。"我争党的地位公开,我争各种基本的人权"。王芸生说:"近觉今人述怀之作,还看见'秦皇汉武'、'唐宗宋祖'的比量。因此觉得我这篇斥复古迷信、反帝王思想的文章还值得拿出来与人见面。翻身吧!必兢兢于今,勿恋恋于古,小百姓们起来,向民主进步。"好一份《大公报》!六十年前不识时务，六十年后看来依然不合时宜。此所以钱钢的《旧闻记者》令人沉重。罢了，还是看一段六十年前难得有过的欢欣，《大公报》记者陈纪滢回忆抗战胜利消息传出后的重庆市景："……合府大小老少，手牵手肩并肩，步出家门走在马路上，以舒散刚才听到喜讯紧张的心情……今天散步的情形与往日绝不相同。往日走在马路上的，不是急如星火，便是慢打罕地如牛躞步。今天则不快不慢，一顺水向前走，步伐非常整齐，也互相礼让。……有多少人？几千人绝不只，至少有两万人。"

经典常谈

谁是苏格拉底?
——《柏拉图全集》

有几个朋友想搞读书会,或许都是正在攻读人文社会科学的大学生,对当代名家特别有兴趣,于是建议要不一起看点李敖,要不就选本深奥点的比如福柯。我觉得读书会是种很好的活动,一群人志同道合,细心阅读之后再各抒己见,就算遇上艰深的巨著,合众人之智,终也必有寸进。我自己念大学的时候就常常参加老师学长主持的读书组,获益不少。

李敖的东西我看得太少,反正正在阅读福柯晚年在法兰西学院讲座的笔记,所以就想从他开始。跟着又发现福柯对柏拉图对话录《苏格拉底的申辩》很有兴趣,在那些讲座中说了些挺有见地的评论,于是猛然醒觉,何不干脆读读《苏格拉底的申辩》呢？这是真正值得大家费心钻研的典籍啊。

经典这种东西如今的名声不大好，没有人再相信学问和知识有按部就班这回事。如果一个教授告诉学生，想认识西方文化得从柏拉图开始，因为"整个西方的思想传统无非是柏拉图的脚注"，他不是太土，就是不切实际。土的地方是这种说法太老套，你说柏拉图是源头，那些之前影响了古希腊的北非和亚洲源头又如何呢？此外，什么又叫"西方"，那是一种文化还是五味杂陈的一堆大拼盘？何况把文化想象成一道有源有终的河流，本身就是饱遭挑战的假设。不切实际，指的是做学问若坚持溯本追源，不摸懂前头绝不顾后，恐怕大半辈子都要耗在诗经和楚辞上，死前正好念到宋词了。

但我还是鼓励人家去读柏拉图，为的是另一种实际的理由，就是想看懂今人的著作。比方说福柯这位现代大思想家，下笔行文轻轻松松地就左引一句《苏格拉底的申辩》，右拐一段《斐多》（也是柏拉图的对话录）。但是在我们现代中国读书人看来，却令人费解难明，不知如何是好。

这也难怪，柏拉图这等经典人物，你可以从理论上挑战他的经典地位，可是现实里多少欧美学者作家却是真真正正地看他的东西长大，简直就像血管里的血液一样，皮一割开，就自自然然地流了出来。没看过柏拉图不会完全看不懂当代哲学,没读过莎士比亚也不一定就不能理解现代英语文学(例如《哈利波特》),只是难免有点欠缺有些遗憾罢了。

我一直遗憾自己没有机会没有时间,也没有能力去学古希腊文,不能直接用原文享受柏拉图的文章,所以买了一部刘小枫编修的《凯若斯》回来,因为这是本自学用的古希腊语文教科书,但翻了几页就知道想要完全自修是不可能的幻想,那些文法实在太深。有些人是很聪明的,像上一代的印度文史专家金克木,他在上个世纪的三十年代末收到一本英文批注的拉丁文本西译的《高卢战记》,匆匆学过书后附的拉丁语法概要,就一句句硬啃下来,最后竟就此学懂了拉丁文!我当然没这本事。

但刘小枫在他那本古希腊文"自学"教程的弁言里说得对:"经与史素为古学经纬,中西皆然。令人费解的是,中国学术遭遇西学百余年,学人大多忙于研习形而上,用心于西学古典经史者,似乎最为稀罕,进入西方经、史的门径——以古希腊文言和古典拉丁文言为基础的古典语文学(堪称西方小学),则更是门可罗雀。"香港大学据说是本地最洋化的大学,但它的师生之中又有几人知道自己校徽上那些拉丁文是什么意思?该怎么念呢?所以我们的读书会要找本准确的中文译本,并不容易,因为整个中国能通古希腊文的人本就不多,更有谁能翻译柏拉图?

既然要办一个阅读《苏格拉底申辩篇》的读者会,就得找一本好的译本。但是遍观市面上琳琅满目的柏拉图作品,到底哪一个版本最精审妥当呢?

现在的中文出版市场发达,很多硬皮英文书买回来没多久,价钱只是十分之一的中文版居然就跟着出现了。所以有时候逛英文书店,看到些喜欢的书,也不禁思之再三,怕吃亏。我的办法是除非真有即时需要,否则别买那些铁定会出中文译本的新书,例如最红最多人推介的畅销书。

可是书的翻译似乎模模糊糊有个规律,那就是越容易畅销的书通常也译得越糊涂。因为时间重要,人家的全球热潮早就过了,你才出中文版就会影响销路了。例如芝加哥大学的经济学教授史蒂芬·列维特那本 Freakonomics,用经济学的角度比较三K党和地产经纪,研究毒贩为什么要和他们的老妈住在一块,既有趣还长见识,现在仍在美国畅销书榜名列前茅。果然,大陆中文版很快就在半年内抢闸推出。但是才见到封面,胃口就倒掉了,因为他们居然把书名译成

《魔鬼经济学》！Freak（怪人）要怪到什么程度才会变成魔鬼呢？

80年代正逢"文化热"，学术书的翻译也有这种只争朝夕的现象，我曾在比较公共财政制度的书里见到 free rider（搭便车）变成了"自由骑士"；也在一本文学史里读到好几页在讲大炮，找原文对照才知道人家谈的是 canon（经典）而非 cannon（加农炮）！还好这个译者没把它译成照相机，否则说"歌德就此成为日本名牌照相机的一部分"就很前卫了，虽然译出"歌德自此被人放进了大炮"这样的句子也十分悲壮。

说回柏拉图，虽然中国精通希腊文的人向来奇缺，但是翻译这类古典作品，少数有心译家的态度却还是很严谨慎微的。就算不懂希腊文的朱光潜先生和杨绛先生，也都尽力搜罗可靠的外文版本作底，而且译出来文笔可读，叫人敬佩老一代人的自重。可惜接触西学几百多年了，有那么多的外国作者开始用中文说话，像《柏拉图全集》这样的经典却直到不久之前，还没有完整地翻译过来。

尚幸北京清华大学的王晓朝教授终于在 2003 年以一人之力译成《柏拉图全集》，真是可喜可贺的盛事，也是叫人震惊的奇事。喜的是自此我们有了人名和术语前后一贯相连的柏拉图作品,惊的是许多学者穷数十年之功才能译出一卷柏拉图对话录的翻译,王晓朝竟然一个人成就这么巨大的事业,这是全世界少见的。

对哲学有兴趣的朋友,我通常推荐他读点柏拉图。不要以为柏拉图大名如雷贯耳,写的东西就深奥难懂,其实那些对话录有人物有情节,深有深读,浅有浅看。比如《苏格拉底申辩篇》,内容就是这位耶稣以外最出名的西方殉道圣哲,怎样在最后判了他死刑的雅典法庭上为自己辩护。凡是想知道苏格拉底为什么是哲学家乃至于是所有知识分子典型的,都该看看这篇简短的对话。

不过,在这篇对话录里,我们也看到王晓朝译本的一点问题。首先篇名被他简化成《申辩篇》,而非《苏格拉底申辩篇》,要知道这是柏拉图所有对话录里唯一在题目上点出苏格拉底名字的一篇,怎可略过?然后开篇第一句话也有问题,本来的"听过原告的控诉,雅典公民们,我不知道他们对你们有何影响;我简直快认不出我自己了",被王教授译作"先生们,我不知道我的原告对你们有什么影响,但对我来说,我几乎要被他们弄得发昏了"。这种译法虽然流畅,但却忽视了这句话的点题作用。苏格拉底正是要在此向"雅典公民"解释他是谁,他到底是个什么样的人,而整篇对话的核心也就是要在雅典公民组成的法庭之上厘清苏格拉底的形象,甚至梳理出一位哲学家与他的城邦的关系。所以"我简直快认不出我自己了"绝对要比"我几乎要被他们弄得发昏了"为好,而"雅典公民"也不该被"先生们"取代。我不是想吹毛求疵,只不过一部经典的真正价值往往离不开这些精巧细节的累积。苏格拉底是谁?他其实是一句句话语构成的圣像;若是以为轻忽几句无所谓,这个图像难免就会流出一股出寨气味。

十博士大战于丹

——《于丹〈论语〉心得》

近年中国文化界有一个奇特的现象,叫作"十博士现象",意思是动不动就有十个博士出来联名反对些什么抗议些什么。去年最轰动的"十博士集体反对圣诞节":十个来自不同名校的博士和博士生觉得现在的中国人太忘本了,通通跑去过洋人的圣诞节,很伤害咱们民族的感情和志气。今年比较出名的十博士事件,则是十博士联名写信给中央电视台,要求于丹"下课"(请注意,这是另一批十个不同的博士。为什么恰巧又是十个而非九个呢?我也不知道)。于丹是个传媒学者,但她讲的却是《论语》,在中央电视台的著名节目《百家讲坛》上讲了几集《论语》,结果一下子爆红起来,不只节目的光碟畅销,据节目讲稿写成的《于丹〈论语〉心得》更狂卖三百五十万册!比起之前在同一个节目上说三国的易中天,她的人气有过之而无不及。

于是易中天曾经惹起的争议很快就招呼到于丹头上了。许多人说这批学者放弃正经的学问不管,到电视台的节目亮相是好名媚俗。接下来就有人用严格的尺度去检查他们的一字一句,当然挑出了不少毛病,然后就说这是曲学阿世,毁了学术,荼毒众生。正好这两年又有所谓的"读经运动",中华经典被捧得如天高,好些家长甚至送孩子到复古的私塾去穿"汉服"背经书(他们背的其实是三字经)。而于丹和易中天等人干的不算是普及经典,批评者说这叫作"庸俗化"经典。易中天还好,到底是研究文史的,"戏说"三国还不离本行;于丹可惨了,虽然拥有中国古典文学硕士学位,可你现在是个搞传媒的,凭什么学人家说《论语》?而且说完《论语》不算,还要再接再厉讲《庄子》。所以"十博士"急了,他们写信给中央台,要央视停止再用于丹,怕她这一路讲下去会灭了中国文化的精粹。

平心而论,于丹讲课的确有一手,否则怎能硬生生把《论语》说成一个高收视率的电视节目呢?至于她讲出来的东西,大家当然可以不同意；我就嫌她将《论语》变成了中国最古老的心灵鸡汤，孔子成了一个印度古鲁般的灵性导师。但是看事情要公道点，假设那三百五十万个买了她的书的消费者有一半真的看完全书，那就是一百七十五万了，再保守猜测，这一百七十五万读者里头又有一万人意犹未尽，找杨伯峻的《〈论语〉译注》回来细读原典。这岂不是让《论语》多了一万个读者吗？这还不叫普及经典？这还不算无量功德？观诸欧美日等地，用通俗写作手法甚至电视语言去介绍经典的，不只在所多有，甚至还发展成了一套专业。可是人家的学术界却很少有我们这么大规模的声讨运动，往往他们还要为之背书深表感激呢。因为这等于开拓了市场，替许多学院里无人闻问的专家找到了潜在的受众，是多好的美事呀。就算你觉得于丹版的《论语》错漏百出，违背了原典精神，你也可以为文反驳以正视听呀。

例如我很敬佩的学者，北大的李零教授就在这一片热潮之中推出了他的《丧家狗——我读〈论语〉》，四百多页的篇幅一字一句地带着大家回归原典。"十博士"犯得着去叫人"下课"吗？很多人以为侵犯言论自由的只有政府官员，其实这样子写信向媒体管理层施压，要他们炒人，不也是侵犯言论自由吗？不也是用不合理不对等的手法去对付人吗？正如你要是不喜欢我写的东西，你可以用各种方法反驳我，大家理性甚或粗暴地争辩，但你能叫报纸老板停我的专栏吗？不管你是领导还是十博士，二者的分别只在于权力大小，干的都是同一回事。身为博士身为知识分子，竟连这点粗浅道理都弄不懂。我外公生前一直骂我没出息，觉得我没念博士是他的遗憾，如今我可以把这批十博士那批十博士的檄文烧给他老人家看了，不读博士固然可惜，读了博士有时候更可惜。

你的《圣经》说哪一种话
——《创世记：传说与译注》

一百五十年前,演化论面对的最大对手就是创造论了;一百五十年之后,演化论的最大对手依然是创造论。只不过和演化论一样,创造论在这一百五十年间也"进化"了不少,发展出许多变形版本。一般受惯无神论教育的中国人大概想象不到,在不同版本的创造论里头,今天还有人认同其中最古老的一种,那就是"年轻地球创造论"了。这种理论坚信《圣经》所言,上帝用七天创世就真是七天,一天不多一天不少。之所以叫作"年轻地球创造论",是因为按照七天创世的前提,我们可以从亚当和他的后裔一代代数下来,发现地球很可能只有一万年上下的年纪,与今天科学界普遍接受的四十五亿年的说法差得极远。谁会相信这套理论?

我认识一些基督徒,他们对待《圣经》的态度也是这般认真,觉得里面一字一句全都是正确无误的,而且是字面上的正确无误,说什么算什么。我不敢反驳,只是好奇他们读的到底是哪一本《圣经》?万一大家读的是不同版本的《圣经》,那又该怎么办呢?比方说摩西的母亲为了保住儿子的命,就把他放进一只篮子里,浮河而去。这篮子是用什么做的呢?无论是我这批朋友查考新教和合本《圣经》,还是我自小翻阅的公教思高本《圣经》,都说这是只"蒲草"篮子。然而,若照冯象的说法,它应该是埃及盛产的"纸草"做成的。冯象还推测这错误是"传教士们的头,误读钦定本译文 ark of bulrushes 所致。英语 bulrush 一般指欧洲和近东的宽叶香蒲,但用于译经则兼指纸草,故钦定本并未误译,是传教士母语不精,对莎士比亚时代的语文不熟,属于'七月流火'望文生义一类的闪失"。

冯象何许人也?竟然批评集一代各派传教士英才合力译成的和合本,竟敢说这些母语就是英语的译者"母语不精"?说起来这可是位当今华文世界罕见的奇人:北大英美文学硕士、哈佛中古文学博士、耶鲁法律博士,通希腊文、希伯来文、拉丁文、法文、德文及古英文；主业是在美国当律师，专事知识产权与竞争资讯方面的官司，副业是文字，曾将《贝奥武夫》翻译为中文，写过影响力很大的法学论集《木腿正义》。近年他最重要的工作则是以一人之力重译《圣经》。

译经？这是何等的大事，为什么他在香港牛津大学出版社出的《摩西五经》，和江苏人民出版社替他出版的《创世记：传说与译注》与《宽宽信箱与出埃及记》都没有得到文化界广泛的重视讨论呢？真是奇怪。最近我参加了几个全国范围的年度书籍评选，都要特别把他提进名单里头。难道其他书评人都不觉得这是回事吗？

先不说《圣经》这本人类史上最畅销的书有多重要（真对不起，它确实比《毛主席语录》畅销），也别管各种语文的《圣经》译本曾经起过的革命（例如英语钦定本和马丁·路德的德译本都是这两种语言之转型和这两个民族身份认同之建立的里程碑），光是看看冯象的译笔，就知道这是近十年华文翻译事业里不同凡响的成就了。

且从《圣经》开篇第一章第一句看起，冯象的翻译是"太初，上帝创造天地。大地无形，一片混沌，黑暗笼罩深渊。上帝的灵，在大水之上盘旋"。思高本则是"在起初天主创造了天地。大地还是混沌空虚，深渊上还是一团黑暗，天主的神在水面上运行"。至于和合本则作"起初神创造天地。地是空虚混沌，渊面黑暗，神的灵运行在水面上"。以文学言，冯象的版本气势雄浑，辽阔悠远，绝对比后两者更配得上天地初开的景象，而且语言节奏感特别好。凝重而从容，乃上佳的中文。再说意义的准确，单是"太初"二字，就比"起初"在"在起初"强多了。正如冯象自己所说的，此乃宇宙诞生的一刻，在"上帝创造天地"之前，连时间都还没有。"太初"正好有开始的开始之意，而"起初"则给人一种直线时间已然存在的感觉。

因为《圣经》的地位，加上庞大的传教力量，每当它被译成另一种语言，都会被注入一股异质，影响它、改变它。所以不少现代华文作者的作品都能让人感到《圣经》的影子，例如沈从文，马来西亚的年轻作家梁靖芬就以他的个案写过一篇论文，说明中译本《圣经》对这位不谙外文的大作家的影响。我也曾在一些香港作家笔下见过"事就这样成了"这个句子，分明就是《圣经》里来的语言，例如《创世记》，"天主说：'在水与水之间要有穹苍将水分开。'事就这样成了。"然后"事就这样成了"还一连重复了七次，虽然累赘，不是上佳的传统中文,但却自有一种端重。可是冯象就嫌这句短语太过啰嗦,照他的意思,无论是和合本与思高本的"事就这样成了",还是联合圣经公会现代本的"一切就照着他的命令完成",都是来自希伯来文的"Wayohi-ken",即英语钦定本的"and it was so",乃一种中文所无的句式,于是他干脆以"果然"二字代之。所以"天主说:'在水与水之间要有穹苍将水分开',事就这样成了"就变成了"上帝说:'大水中间要有苍穹,把水分开!'水果然一分为二"。

除了语法上的考虑,冯象这么译是因为他很注重传统教义里天主以"一言创世"的观念。这个"言"就是希腊文的"logos"(言、道),天主七日创世,全凭他的大道圣言,所以这句创世圣言的效果应该简练完满,不可拖沓乏力,好给人一种话音刚了,现实即在的感觉。而重复七次与创世七日正好又对应了《圣经》里"七"这个数目的完满象征意义。

我们不一定会同意冯象的每一个决定,但是对不熟悉圣经学和古代近东文献与中古欧洲传说的读者而言,冯象的译注与文章还是很有趣的,因为他援引了大量被排除在正典之外的传记和"次经",就算是熟诵《圣经》的忠实信徒看了也会觉得过瘾。

说起正典,这也是近年的热门话题。先有《达·芬奇密码》令人怀疑是不是有些更"真"的经典被教会排除在外,后来则是《犹大福音》的出土动摇了许多人的信念,赫然发现以前竟然还有这么多种福音书。这两年我也凑热闹赶时髦,看了 Bart Ehrman、Marvin Meyer 和 Karen King 等一批古代基督教史专家的著作,真是大开眼界。从前我总以为基督信仰本来是一统而"大公"(Catholic)的,后来才有了东正教、圣公会与新教的分裂,如今才知道原来打从一开始,基督信仰就很多样纷杂,流派直比现在还多。所谓"正统"其实是在历史中渐渐形成的,中间甚至还牵涉到许多刻意的误传误译(参见 Bart Ehrman 的 *Misquoting Jesus: The Story Behind Who Changed the Bible and Why*)。

古文献是堆深不可测的黑洞,尽管冯象不是专家,偏有本事挖出故事。例如诺亚,原来古人传说他有一个天资绝顶的媳妇,获他传授圣人以诺留下的创世秘典,久而久之竟成了一个能够知未来辨吉凶的巫婆。"她那些玄妙费解的诗,后人收在一部希腊语译本《女巫谶语集》内。一直到罗马时代,还藏在朱庇特神庙里,是元老院不时求问的灵验秘籍。"这真是前所未闻的奇事,罗马人居然也曾听信犹太女巫的预言,而这个女巫还是诺亚的媳妇!

当然信徒们还是可以不必理会冯象笔下那些什么巴比伦女鬼是亚当元配夫人之类的怪谈,继续埋首在自己的正典《圣经》里面。但是你读的《圣经》是哪一本《圣经》呢?基督教史大师帕利坎(Jaroslav Pelikan)在《这是谁的圣经》(*Whose Bible Is It?*)里说了一个很好玩的段子:将近复活节与犹太教的逾越节,一个犹太人、一个天主教徒和一个新教徒都到书店去买《圣经》给自己的女儿做礼物。他们都说:"我要一本《圣经》。"然后店员就问了:"你要哪一本《圣经》呢?"当然就是那本《圣经》咯!

科学精神

——《物种起源》

我的记性不大好,年尾了,想回顾一下过去一年读过的书,竟然印象模糊,说不出自己到底读了些什么。再想一想,首先浮出的却又都是经典,或者说,是老书新读。首先是李零的《丧家狗》,一本《论语》译注。自从于丹在中央电视台的《百家讲坛》把《论语》讲成了畅销书之后,孔子在内地就一下子又伟大起来了。孰料北大中文系教授李零偏偏要说孔子是头丧家之犬,当然就要挨骂,说他炒作,说他诬蔑圣人,网上的反应热闹得不得了。

其实《丧家狗》真是本好书,它的内容如何我以前谈过,现在就不多说了。值得注意的反而是因它而起的话题,那些骂李零的人起码有七成是没看过这本书的,可是不少文章还是洋洋洒洒千言,气势磅礴,再次证明了我们中国人虚构和废话的本事。更妙的是,有些人就算搞懂了李零取这书名的意思,知道了"丧家狗"是孔子他老人家形容自己的话,还是坚持要骂,因为"这种书名有故意误导不知情读者的嫌疑"。我觉得今天的中国人最需要的可能还不是"国学热",而是逻辑热。学一点推理和论辩的基本原则,对大家都有好处。就算不学逻辑,再退一万步,大家讲讲道理好不好?

比如说,我曾批评一位翻译者把一本洋书里提到的新儒家大将徐复观错译成了"徐福官"(见本书《翻译的态度与常识》),后来他竟回信说徐复观曾经做过国民党军官,所以"将他的名字变成'徐福官',谁曰不宜"?中国人欢迎德先生和赛先生也快欢迎了一百年了,结果德先生固然还是那位等不来的戈多,就连赛先生也都好像走错门似的,硬是有点害羞。

我今年特别留意内地出版的科普书籍,发现比起台湾来,不只翻译特别少,国人自己的作品也不够多。最奇特的现象是几乎没有一本科普书打上过十大畅销书榜,这在世界各地的图书市场都是很少见的,莫非我们的平均科学素养已经好到了根本用不着看普及书的地步？今年我最喜欢的科学书是达尔文的《物种起源》。没错，就是那个达尔文的那本《物种起源》。其实也是赶时髦，恰巧美国著名的蚂蚁专家爱德华·威尔逊和最近因为发表歧视言论惹祸的诺贝尔奖得主詹姆斯·沃森都不约而同地各自编选了达尔文的几部名著，重新合订印行，很受关注，于是我就趁机会读一读这本经典，凑凑热闹。

《物种起源》真是本奇书。一般来讲，科学史的经典是不用读的，除非你专治科学史。今天的中学生学牛顿力学，你会叫他去研究牛顿的原著吗？人文学者会围绕着两千年前的经典争论，一本《论语》注完再注，但是我从未见过科学家做这样的事。不过直到今天，还有生物学家会在论著里煞有介事地抬出《物种起源》，说大家都误解了达尔文，然后再示范自己的"正解"。

为什么？我想那是因为达尔文的主张在被接受的过程里确实产生了不少误会。例如"evolution"到底应该译成"进化"还是"演化"呢？这就是个很大的问题了。很多学者认为达尔文根本没有生物会不断"进步"的意思，人也不比细菌"高级"，生物的发展更是不能以阶梯的隐喻去形容，所以中文常用的"进化论"是个天大的错误。而且《物种起源》本来也就是以大众为对象,绝对没有想象中那么难懂。里头不少材料至今看来还是很有趣,譬如"苔藓虫"头上的"震毛"和被旋风吹到远方的鱼。

最了不起的当然还是达尔文的世界观,随着他慎重但是自信的步伐,一页页地读下来,那股曾经在一百五十年前撼动天地的力量就会渐渐显现。直到结尾这一句:"……而且在这个行星按照既定的引力法则继续运转的时候,无数最美丽和最奇异的(生物)类型从如此简单的开端演化而来,这是极其壮丽的观点。"说至此处,说不定你也会忍不住喊了出来:"Eureka!"

纪念玛丽·道格拉斯
——《洁净与危险》

念书的时候,穷极无聊,常常没事找事,其中一件就是写悼念文章,而且写的还是仍然在世的作家思想家,非常缺德。由来是当年科学哲学家托马斯·库恩去世,为戴天先生主编的《信报月刊》赶了一份六七千字的东西出来。当时自觉满意,又是个做功课的良机,于是发愿要替一批看来活得差不多了的大师写悼文。写好了就放在抽屉里,时辰一到就交到报馆去,多么方便快捷。后来我才知道钱锺书先生说得没错,文人尽爱干这等没良心的事,不只中国人,连老外也是这样。许多国际知名的大报时刻都在准备着,人一死,讣闻第二天就见报,效率奇高。更专业的甚至会为一些富商事先写好葬礼上用的悼文,让老人家看过,满意了,就能领到一笔可观的酬礼。难呀,写悼文可是门专业。且看英国杂志《前景》2007年5月号的刚上版,有一篇纪念人类学大师玛丽·道格拉斯的文章,开头第一句就好:"少数的思想家改变了我们对世界的看法,更少数的思想家则改变了我们对世界的看法的看法。玛丽·道格拉斯以八十六岁之龄去世了,她就是那罕见的例外。"说得对极了准极了,她就是那种改变了大家思考方式的人物。

怎么改变?很多年前我向香港作家董启章介绍她的想法时曾经以一块面包做例子。大家都知道一块面包要是放在碟子里,自然是干净可食的,但它要是掉到地上,那就弄脏了,不能再吃。为什么呢?原因不是地上多尘垢,碟子很清洁,其实有的碟子说不定比抹得发亮的地板还脏呢。真正的理由是每样东西皆有该有的位置,例如面包就应该被放在碟子里,要是把它丢到它不该去的地上,我们就会觉得它很脏了。相反,鞋子就应该踩在地板,如果将它摆上了桌,那么大家就会很不舒服,非把它扔下去再抹净桌面不可。平日沉静的董启章听了大笑,他说:"照这个讲法,其实蟑螂也是不脏的咯,问题只是它常常出现在不该出现的位置。"

凡是一个真正动摇了人类思考方式的思想家，总会叫人摇头或者发笑。其实董启章没说错，有些动物脏就脏在它的位置不对，不只是物理的空间位置，而且是抽象范畴中的位置。玛丽·道格拉斯成名作《洁净与危险》(*Purity and Danger : An Analysis of the Concepts of Pollution and Taboo*)中最有名的例子就是一种动物：猪。她分析《圣经》把猪列为不洁之物的原因，说那是因为猪虽然和牛羊一样长了蹄，但又不像一般有蹄动物那样反刍。换句话说，在当时近东地区居民的世界观里，有蹄动物都该是会反刍的，而猪却违反了这个常规，既不能完整地纳入有蹄动物的类别，也不能和其他不反刍同时又无蹄的动物并列。所以猪是不洁的异类，乃禁食之物。

玛丽·道格拉斯又发展出她对禁忌的看法，指出禁忌总是不洁的、恶心的，因为它们破坏了世界分类的常规，是种混沌模糊的异物。所以研究一个文化的禁忌，看它怎样定义肮脏与污染，就是在反向地分析它分类万物和认识世界的方法。曾经弄得香港闹哄哄的种种禁忌争论亦可作如是观。例如乱伦，什么叫作乱伦？为什么有的社会禁止表兄妹相爱，有的却不？人兽交又为何是种违反自然的禁忌？难道不是因为我们很"自然"地把人和动物分成截然不同的东西吗？所以人狗交合绝对不行，但拿马和驴配出骡子却是可以的。

玛丽·道格拉斯的影响实在是太大了，有人甚至用她的理论研究脏话。某些话之所以粗野肮脏，除了因为它们的用字本身逾越了边界，也和说它们的场合有关。假如一伙流氓自己厮混闲扯，满口喊娘，那或许是很自然、很合理的，但他们要是进了地铁，当着一帮斯文陌生人照样放言关心母亲的性生活，那就是能拉去坐牢的冒犯了。

扯远了，说回悼文，不好事先写定的主要原因是怕传主活得长变化多，万一他临终才全盘否定早年成就，那就不妙了。好在玛丽·道格拉斯很专一，一辈子住同一个地方，始终是个忠诚的天主教徒。她的思想，由头到尾都是这么地系统，这么地清澈；她关心的，始终是人类思考世界的方式。

怀旧鲍德里亚

——《仿象与拟真》

拜托,可别再以为后现代主义是种很时髦的东西了,它被宣布完蛋过很多很多次了。今天再说后现代主义,我们应该带着怀旧的心态。所谓"怀旧",按照刚去世的"后现代巫师"让·鲍德里亚(Jean Baudrillard)的说法,不是怀念一些我们失去了的美好事物,而是怀念一些根本从来就不存在的东西。例如每一座迪士尼乐园里的景点"南方小镇",那种漂亮和谐温暖的小社区,你以为它们真的曾经在历史上出现过吗?不,根本没有,它们只不过是一种"拟仿",一种没有原始正本的拟仿。怀旧后现代主义,你会发现它最有意思的地方正是它好像从来都不存在。几乎每一个被人公认是后现代思想家的大师，都想和这个不荣誉的称号划清界线。德里达、德勒兹、福柯甚至利奥塔，全都否认自己是"后现代主义者"。就连"最后现代"的鲍德里亚都说："大家该去问问'后现代'和'后现代主义'这些字眼可有任何意义，至少我觉得没有。"我不知道该不该把鲍德里亚叫作"大师"，在灿若群星的现代法国思想界中，他到底算是老几？他很出名，或许也很有趣，甚至还很有影响力，但他真的不是一个多有意义的人物。再准确点说，读他的东西也许很过瘾，但那些花哨迷人的文字读了之后到底有什么用处呢？所以我很不理解为什么有那么多人要纪念他？一向对激进思想不太感兴趣的《经济学人》固然为他发表了一篇讣闻，连向来躲避学术的香港传媒也有几篇悼念他的文章。

其实这一切是不是场误会呢？就拿后现代来说吧，很多人觉得鲍德里亚后现代就是因为他讲拟仿讲得妙。常识告诉我们，模拟之所以是模拟，正在于有一个真实给它模拟；模拟与真实，二者的分别犹如镜子里的影像和镜子前的实物，其分别十分清楚。但是鲍德里亚在他的名著《仿象与拟真》（*Simulacra And Simulation*）里却说我们的时代是一个只有拟仿物而没有真实的时代，整个世界就像一面镜子，镜像之外别无它物。然后大家就想,这话说得可真有道理。我们难道不是活在一个影像称王的世界里吗?所谓的真实,我们全是透过镜像似的传媒认知的。最夸张的例子莫过于各式各样的"真人秀"了,明明是"秀",偏要强调是真的。这种真实岂不就像迪士尼呈现的昔日小镇,纯粹是种怀旧的虚构?再推想下去,我们用肉眼看到的世界其实也摆脱不开媒体和各种拟仿的中介。比如说香港流行刊物很喜欢说某美女是"翻版阿娇"或"翻版舒淇",好端端的一个女子为何定要用另一个明星当原版来比较呢?更厉害的是我们甚至习惯在日常生活里也把身边的人当成"翻版阿娇"与"翻版舒淇",而且有人真的模仿明星的装扮和杂志上模特儿的有型姿态。这不就是鲍德里亚所说的"比真实还真实"吗?这个时代不再是传媒表现和模仿真实了,而是反过来,真实在模仿传媒。这就是坊间流行的普及版鲍德里亚学说了。其粗陋简化自不待言,最惨的是大家接受了鲍德里亚字里行间的暗示,以为真实和拟仿的关系真有一个历史演变的过程。过去的拟仿和真实是一一对应的,有镜子里的人影就必有镜子前的真人,而现在的拟仿却和真实完全脱节,身为拟仿物的数码影像自有其规律,丝毫不受真实的干扰。由于有时代的变化,所以历史就能分期,如果以前的时代是现代,如今自然就是后现代了。又由于鲍德里亚大谈新时代的特征,他当然是个后现代思想家咯。可惜这都是误解。

很多人以为鲍德里亚是个后现代思想家,因为他的写作似乎描述了一段历史演变的过程。一开始,形象是真实的反映,后来形象遮盖了真实,再来,真实早就不存在了,形象却掩饰了它的不存在,使人以为形象背后还有一个真实;最后,形象成了彻底的"拟真"(simulacrum),与真实完全无关,既不在乎真实是什么,也不关心真实是否存在。最后这个阶段就是我们这个时代了,一切皆是拟仿,再无任何真实可言。可是只要细读鲍德里亚的后期著作,当可发现这种形象与真实关系的演变描述,只不过是套"方便法门",而非有这种真实渐渐退隐的历史。鲍德里亚假借这个便于理解的历史故事,说明的其实是真实与形象的多重关系。他要处理的不是不同时代的社会特征,而是一套和经验有关的哲学课题。对他来说,现代电子传播技术里的数码拟真与远古先民们在山洞里的壁书根本没有分别,它们都是与真实有关的经验,能够独立于经验之外的真实是不存在的。只不过先民或许还相信"真实的策略"(Strategies of the Real),以为经验以外真有一个实在的世界,而现代人却洞穿了一切把戏,晓得除了经验还是经验。

我有一些善良的朋友,居然想到早该请鲍德里亚来香港一趟,看看香港怎样用复古的新天星码头去取代老的天星码头,又怎样大搞一场虚拟的特首选举。他们的意思当然是香港"实现"了鲍德里亚的理论,成为一个完全取消真实的拟仿城市。政府拆了一个真真正正和市民共存了五十年的码头,却代之以一座活像主题公园景点的怀旧仿制品。一场只有八百人参与的选举却被描述为全香港的胜利,好像全港七百万人都有份投票似的。我们不爽,我们愤怒,我们批判,是因为我们还相信真假的区别,仍然坚持拟像不可代替真实。但是你们想鲍德里亚来香港干什么呢?难道你们以为他会和我们一样愤怒吗?不,他甚至也不会兴奋。顶多他就是再写一两段很酷的杂记,然后收进他下一本的 *Cool Memories*。

鲍德里亚是个饱遭误解的人。第一回波斯湾战争,他说我们大家都是透过电子影像看见这场战争,因此"战争没有发生"。"9·11"之后,他又说"恐怖分子干了我们大家都想干的事"。于是很多人就骂他没良心,无视于真实的苦难,大放厥词。这其实都是误会,他从来没否认过有人被导弹炸死,他只是怀疑这些镜头中的死亡与电视机前的我们有什么关系罢了。相反,也有很多人以为他"极具批判性",写《消费社会》是为了批判商品经济怎样掏空了人的主体,写《仿象与拟真》是为了批判真实的消逝。其实他根本不想批判什么,因为人本来就是空的,而真实从来都不存在。假如你觉得他的行文腔调很嘲讽,那只不过就是嘲讽而已,没别的。一段有名的轶事是,《黑客帝国》的兄弟班导演自承受鲍德里亚影响极深,除了在电影里秀他的书、用他的话,甚至还想请他当顾问。可是鲍德里亚拒绝了,理由是这对新潮兄弟没读懂他的东西。大家或许还记得这部电影里的未来电脑怎样为人类虚构了整个世界吧,鲍德里亚不满的就是他们居然以为虚构的拟真世界之外别有真实的存在,而且还值得男主角一伙为之奋战至死。在二次大战之后的法国思想界中,没有比鲍德里亚更虚无的了。读他的著作,图的就是乐子,这点他自己也很清楚,所以他才说理论该比科幻小说更奇幻更荒谬。Steven Poole 在英国《卫报》上的讣闻说得好:"鲍德里亚的死亡并没有发生。"他忆起一场座谈会,一名观众问鲍德里亚:"你是谁?"鲍德里亚的答案是:"我不知道我是谁,我是自己的拟仿物。"

人类学的必要

——《文化的诠释》、《地方知识》

曾经有一段日子,我深深着迷于人类学,读了一堆民族志,看了许多古灵精怪的仪式纪录与习俗报道。我喜欢人类学不是出自猎奇的趣味,而是因为透过认识一种截然不同的生活方式,可以反过来发现自己所熟知的日常生活其实是多么特别,对其他文化来讲又是多么奇异。换句话说,人类学不只帮助我们了解陌生人,还可以让我们站远一点,发现自己何尝不是一个陌生人,不只对他人而言是陌生的,我们也不完全认识自己。我们吃饭为什么要用筷子?进屋为什么要脱鞋?这一切看在许多外国人眼里固然是奇特的,要我们自己解释清楚恐怕也不容易。

2006年10月30日逝世于普林斯顿的克利福德·吉尔兹(Clifford Geertz)是我最崇敬的人类学家,一手开创了"诠释人类学"这个流派,数十年来影响了整个人文及社会科学的走向。最后一次看见他的文章,是在去年某期的《纽约书评》杂志,他评论贾雷德·戴蒙德(Jared Diamond)的畅销名著《崩溃》(*Collapse*),依然不脱本色,强调文化的重要远远超出许多科学家的想象。《崩坏》的主旨是每一个社会都有它崩溃的一天,这个崩溃可能是由天灾引起,也可能是它的存活方式耗尽了它所需要的自然资源。总之,一个社会如果不能有效、及早地调整自己,就会因为适应不了环境的变化而衰败。

吉尔兹的评论很简单,就是一个社会能不能配合环境的变化去调适自我,还得看它怎么认知自然环境中的灾害。比如说同样是旱灾,一个社会可能会觉得是族人犯罪冒犯了天意,另一个社会可能会认为这是恶鬼作祟的结果,不同的社会因此有不同的方法去应对旱灾。假如某个社会把旱灾归因于山神发怒,因此不敢再上山砍林,说不定就能因此保存水土,消灾解难。为什么简单自然如旱灾,大家的认知会有那么大的分别呢?这就是文化在起作用了。

而文化的作用,吉尔兹在其经典《文化的诠释》(*The Interpretation of Cultures*)里有个很直接的说法:"它把意义加诸世界,使得世界可以被理解。"那么文化又是什么呢?"它是一套承袭而来的要领构成的系统,这个系统以象征的形式表达出来。人类透过这套象征系统可以沟通、保持和发展关于生命的态度与知识。"人类学家要做的就是去把不同文化的象征系统解读出来,使大家可以认识不同的文化。

说易行难,今天的世界有多少问题源自人类的互不理解呢?"9·11"前后,吉尔兹发现在这个所谓"文明冲突"的时代,要以对话代替对抗,用同情深入的理解取代由无知而来的偏见,人类学家可说是责无旁贷,所以近年他很努力地想要探讨众多的族群怎样可以在现代世界共存,可惜他的工作没有完成。

其实吉尔兹自己也明白,完全理解异文化是不可能的。在《地方知识》(*Local Knowledge*)这部论文集里,吉尔兹坦白告诉我们人类学家没有神奇的能力,不可能把自己完全变成某个部族的巫师,再回过头来用很精确的语言去向自己的同族描述那个部族的世界观。我们很难变成另一种人,然后再找出不同的人群有哪些共同的地方。事实上,吉尔兹根本怀疑任何超文化原则与普遍社会规律的存在。我们只能在异文化之间来回跳跃,既远且近。但是,只要我们也学会用一种遥远的距离和新鲜的眼光看自己,我们就会明白自己不是唯一。

知识分子这种人
——《拉维尔斯坦》

索尔·贝娄死了,自此之后,我实在想不出还有谁写知识分子的故事会写得更叫人心痛,同时更叫人忍矐不住。并且请注意,我说的不是一般意义上的"笑中有泪"。很多人称颂的"笑中有泪"往往只是一种太过含糊的状态,很容易变得庸俗不堪,不是笑得过度剧烈滴下了眼泪,就是忘情笑完之后才醒悟到手指已经给烟屁股烧疼了。索尔·贝娄的小说在最完美的时候,是一种悲喜共时的尴尬状态,例如他最后一部作品《拉维尔斯坦》(*Ravelstein*)。

索尔·贝娄总是喜欢以知识分子当主角,而且还是以他的朋友为模型。所以每次出书,都有相识要和他绝交,他们实在受不了自己竟然显得这么可笑滑稽。由于角色来自贝娄亲身认识的知识人，他自己又活在以芝加哥大学为中心的学院派精英圈子里，所以他写出来的人物总是满口柏拉图、黑格尔以及韦伯，仿佛学养差一点都看不懂。贝娄自己又十分博学，随时引经据典，喜欢镶满了典故的比喻，是真真正正的bookish。因此他的名作（有人说是自传）《赫索格》（*Herzog*）居然能成为畅销书榜冠军，也真是书史怪谈。

老套点说，他的书好卖或许因为他写出了人类永恒的困惑。这也是诺贝尔文学奖颁词里肯定的："他对人类文明的××作出了贡献"云云。当然咯，有哪一个诺贝尔奖得主不被赞美成"对人类有贡献"呢？可是，也是这种对于人类处境中可笑的倒霉遭遇的独特感知，使得贝娄与一般写文人圈子轶事怪闻的作者有了差天共地的分别。例如大卫·洛奇，也是个十分出色的作家，据说他嘲讽学界丑闻的功力可说入木三分；又如《儒林外史》，已经成了一面文人的照妖魔镜，直到今天还叫人发现要比起文人的无行和弱智，总有人比自己更糟。

但是索尔·贝娄不同，他的主题不是知识分子，而是人的不幸命运和造成这些命运的种种性格，只不过承担了这些命运及性格的人正好是他熟悉的知识分子。他的角色说起话来学究味浓得化不开，绝非卖弄，纯粹因为那就是他们说话的方法。像艾伦·布鲁姆和爱德华·希尔斯这些大学者，他们的整个生活就是建立在经典巨著之上的，你叫他们在面对自己日常生活中的实际问题时，如何可能不去援引脑中的思想资源？所以，贝娄以他们为范本创造的人物，就得在解决欲求不满的苦恼时，想到柏拉图怎么说爱欲的起源，弗洛伊德怎么分析力比多的作用。性欲困扰所有人，是人类的永恒咒结，但知识人面对它、表述它、处理它，就真有知识人的方式。

可是，知识并没能使人可以更精明地超脱死亡和爱情等种种大问题。这也正是贝娄创作的喜剧，知识分子愈是有学问，他们就被绑得更紧，尽管那些学问本来是为了这些问题才存在的。昆德拉的名言："人类一思考，上帝就发笑。"知识分子一思考，上帝就更是笑疯了，尤其当那个知识分子还是个无神论者的时候。

从前念大学的时候，所有我们这些自命思想前卫激进的青年都不会去读三个人的书。这三个人包括威廉·班奈特，前任美国教育部部长；布鲁姆，芝加哥大学的哲学教授；还有索尔·贝娄。合称三 B 的他们是保守主义健将,在我们的心目中是食古不化的老顽固,反对同性恋、反对女性主义、反对环保、反对多元文化,是典型的西方白种男人异性恋沙文主义猪。尤其是布鲁姆,写过一本引经据典的书,大骂各式各样的"政治正确"和"价值相对主义",成了所有教柏拉图、莎士比亚和《圣经》的老教授的英雄,也成了所有年轻新人类的公敌。那本畅销得不像话的书叫作《美国精神的封闭》(*The Closing of the American Mind*),照一位评论家的说法,布鲁姆之所以觉得美国人心智日益狭隘,"就是因为他们太他妈的开放了"。

布鲁姆就是贝娄最后长篇《拉维尔斯坦》里面的主角,贝娄继续他影射小说的写作方式,为他这位生前好友作传。贝娄与布鲁姆是莫逆之交,二人臭味相投,都不喜欢开放到了虚无境界的美国文化,但布鲁姆是个比拘谨内向的贝娄更开放、更敢言的大块头,所以总是布鲁姆能够把骂人的话说得更狠,而且好笑。于是在贝娄的建议底下,布鲁姆下定决心把平常挂在嘴边的牢骚变成一本书。《美国心灵的封闭》的序言是贝娄写的,那时这位诺贝尔文学奖得主要比布鲁姆出名多了,后来哲学教授布鲁姆却因为这本书的版税变得比贝娄更富有。

在《拉维尔斯坦》里面,我们看到的布鲁姆很会享受他的财富,吃得好住得好。甚至在他还未发财以前,就已经为了银器和地毯弄得欠债累累。而且我们发现,布鲁姆这个人对沉思大自然没有兴趣,觉得家旁林子里的鹦鹉吵耳,他只喜欢城市,因为他喜欢人。他八卦得要命,打探所有朋友的私事,然后再到处宣扬。他的乐事之一是身在政界的高足让他比报纸早一天知道华盛顿的秘闻;之二是和迈克尔·杰克逊搭过同一辆电梯,以及在机场跟踪伊丽莎白·泰勒。而且,布鲁姆居然是个同性恋者,甚至死在艾滋病手上。

再一次,贝娄惹火了很多朋友,被认为是出卖老友,丑化了今日美国新保守派的精神导师。但是我却因为这本书才改变了对于布鲁姆的刻版印象。原来这个英译柏拉图《理想国》的老人会因为时常处于亢奋状态而手指发颤,老是弄得满身名贵西装染上咖啡渍。他是这么可爱直率地面对朋友,他知道老友笔下的自己不会是神,但他就是喜欢老友说故事的方法。所以他要贝娄在他死后写他的故事、他俩的友谊,仿佛死了的他还得到贝娄那些一定能令他哈哈大笑的描述。

贝娄记得自己的承诺,但下不了笔,直到自己经历一场大病，死过翻生，才成就了这么一部关于友谊、老年与死亡的记录。实践了对朋友的诺言，现在贝娄或者能在另一个世界听老友继续笑骂这太他妈的开放的世界了。

小波死了,社会还僵

我母校的学妹学弟最近出了点问题,听说他们编的学生刊物太大胆,犯了很多社会禁忌,结果不只惹毛了社会大众,还气得校方以雷霆万钧之势痛下杀手,大概不赶一两个人出校不得以息众怒。这让我想起了李银河,一位以"出位"言论知名的学者。其实她也不算多出位,只不过是发言捍卫一下"同志"和性工作者的权利,就给大陆网民和舆论骂个狗血淋头,不是说她伤风败俗,就是说她故意炒作争取曝光。

然后我又想起了王小波,就是十年前去世的那位传奇人物。虽然小说在台湾得过奖,但生前死后换来的都是严肃文坛的沉默,虽然活着的时候不算闻人,可挂了以后却有成千上万的人冲出来争着说自己是他的"门下走狗",受了他的启蒙,改变了自己的人生观。每逢他的忌日,全中国媒体都要起一回哄,一年比一年热闹,终于到了今年是整整十年了,没一份有点自尊的内地刊物不办个王小波回顾专辑。王小波热的温度就和他的作品销情一样,愈来愈高。

王小波是大陆最早一批脱离"体制"、投身自由写作市场的作家之一,可惜他写的不是畅销小说,光靠文学很难糊口(当年最受欢迎的作家是梁凤仪),所以他还要在报刊上写专栏,才能勉强维持一个自由人的状态。尽管他最用心的是小说,但看来影响最大的还是杂文,许多自称被他感召的青年基本上看的就是那些被誉为"鲁迅以来第一名"的爽快文章。

他的小说好不好?我觉得不错,但不能说是顶好。当然他有自己的语言特色,但从叙事策略和结构方法看得出,他是受了一批当代小说大师的影响,而且影响甚深。好玩的是他把学回来的技巧活用在中国的背景上,写出了许多别具一格的"知青小说"(如果凡是谈知青的都算知青小说的话)。假如他不是死得这么早(终年四十五),我想他会有更了不起的作品。

至于杂文,论者喜欢强调王小波的"自由精神",说他鼓励大家独立思考,千万别盲从圣人教化一言堂,宁可当"一只特立独行的猪",也不要做被人运动起来的无脑大众。对生长在大陆的年轻人来说,他的言论真是醍醐灌顶,有解政治遗毒的奇效。不过坦白讲,像我这种自小看胡适长大的港台同胞,就不觉得王小波有多惊人了。所以他说的很多话在我看来就像太阳总在东边升起一样,的确是真理,但也用不着跳出浴缸大喊一声"Eureka"!

千万别误会,我对王小波没有半分不敬,恰恰相反,我觉得今天的读者还是应该继续读他的作品。"我们这个社会里的论战大多要从平等的讨论转为一方对另一方的批判,这是因讨论的方式决定的。根据我的观察,这些讨论里不是争谁对谁错,而是争谁好谁坏。一旦争出了结果,一方的好人身份既定,另一方是坏蛋就昭然若揭。好人方对坏蛋方当然还有些话要说,不但要批判,还要揭发。"(《论战与道德》)很不幸,这些道理如今仍然管用,尤其适合网上那批一谈日本问题就上升到揭发汉奸,一碰民主改革就要捍卫民族利益,上纲上线的速度比搭直升机还快的热血青年。

为什么说到李银河就会联想到王小波呢?不是因为李银

河乃王小波遗孀,而是他俩曾合著中国第一本男同性恋研究调查,而是王小波也曾为"同志"群体仗义执言,但现在死了的王小波万人景仰,活着的李银河却被迫封嘴。更奇怪的是,有些人一方面声称自己很佩服王小波的宽容主张与自由作风,同时又加入了追猎李银河的队伍。

为什么看见学妹学弟的惨况会联想到王小波身上去呢?请回头参阅前两段的引文,你不觉得我们眼下的讨论也是场辨明忠奸的争论吗?只要判定了我这帮弟妹是坏蛋,他们说的一切就都是不用再听的歪理。下一步,我猜会有记者去跟踪,揭发原来他们天天大被同眠性派对。

日出东方,我一直以为是大家都晓得的,原来不。我一直以为讨论要平等要说理,原来也不。

学点文艺腔

作家对真实可以不负责任吗
——《对角艺术》

小说家董启章一口气出了两部新著,两部都是在台湾出的,其中的《对角艺术》还是原来连载在香港艺术中心每月通讯 *Artslink* 上的短篇。有些同代朋友的作品,我特别关心,但极少见面,董启章是一个,用漫画和他"对话"的利志达是另一个,我总是自作多情地以为有些我们共同关心的事。我这一代人和以前的香港文人不同,很少聚会,一伙人通宵喝酒聊天的机会,更是绝无仅有。不过我默默阅读他们的东西,例如董启章。总有一天我要写一篇更长的东西去谈他,这是我的愿望。

《对角艺术》是香港艺术中心老总茹国烈出的点子,邀请小说家董启章和漫画家利志达每个月各自创作一件作品,放在它们的节目单上。虽说不用直接和艺术中心发生联系,但十二个月的十二篇作品还是多少和艺术中心里的活动有关。不想再说香港重要作家要靠台湾出版社回流的老话,不过我很好奇台湾的出版社怎么处理这么"香港本土"的材料。于是在书背的介绍上读到这么一段文字:"董启章博引文学、戏剧、舞蹈、电影等各种形式,利志达充满奇思与狂想的插画,为这个灿烂的交会,带来更丰富的展现,使读者的想象立即腾云驾雾,无限延展。在每一章的开头,董启章和栩栩的对话,仿佛一个人的两面,玲珑剔透地为读者提供更多面向的思考与角度。"这是什么意思呢?

董启章的作品一向好说也不好说,因为按照现代文学评论的通例,他的东西似乎可以轻易地套上理论术语,分析拆解一番就告了事。但拆解完成又如何? "提供更多面向的思考与角度"以后又该怎么办呢?例如《对角艺术》,其实大可看成十二则艺术评论,用小说写成的艺术评论和札记。反正董启章一向喜欢穿透各种文体的虚拟性质,从文字的通质来看,评论、新闻报道甚至公文莫不都是"叙述",用小说来拟仿把玩它们又有何不妥?这是稍为认识文学理论的人都知道的。

又如书中主角"栩栩",名字本身就很悬疑,"栩栩"应该如真,但又不会是真的。作者不断地叙述真实生活中的女孩栩栩是个怎么样的人,又谈起他笔下角色"栩栩"和真正的栩栩有何关系。熟练的读者自然意会到这真是艺术本质的大问题:艺术的经典定义就是模仿(mimesis),是创作和真实之间的反复对照。一个小说作家老在作品里说栩栩这个角色是真有其人的,有任何意义吗?小说叙述者宣称的真实到底有多现实呢?这么搞下去实在是场很好玩但又无聊的理论游戏,使大家能够畅谈几成滥调的后设小说"知识论"。

但《对角艺术》关怀的不是知识论,而是伦理学:当文学艺术的真实都成了虚拟和游戏,作家和艺术家是不是就可以为所欲为了呢?真实和谎言的区别还有意思吗?一切艺术造成的伤害都能用"这只是艺术"去解脱吗?换句话说,董启章问的不只是文学和真实"有"什么关系,而是文学和真实"该"发生什么关系。所以我宁愿把《对角艺术》看作一个作者生涯的中途反思:作家的责任到底是什么。

暑假读诗正好

——《咖啡还未喝完》

虽然"写诗是一件寂寞的事"是句说滥了的话,但它又是真的。

就从我在报上写的书话说起吧,每周一篇写了将近一年,才发现原来没谈过任何一本诗集。别说诗了,就连香港文学也谈得极少。家里头有一大堆等待介绍的小说、散文和诗集,有些是朋友送的,有些是朋友的作品但我自己掏腰包买了回来。我很勤快地一本接着一本读,总想有天得好好说一下,可是每当要下笔的时候,就不知如何开始。然后我就看着这堆书的体量沉默地愈堆愈大。

到底还是有个预设,总是不想在这里谈一般读者不会太有兴趣的东西,我已经假定了有种人叫作"一般读者",又假定了他们的兴趣范围。但这又有谁能说得准呢?正如黎智英都曾在《壹周刊》写诗,并且结过集子。即使据说卖得不太好,可是谁会想到黎智英有写诗的兴致?我想起英国、美国乃至于中国台湾都有过推广诗的运动,效果还不错。例如伦敦在巴士车厢内广告牌上印了诗,这个设计就挺好,保证每个乘客一抬头就能读到一首诗,下车前正好读完,带着不一样的心情去上班。

可是要一个不读诗的人去读诗是很难的,尤其新诗,很多人一听就甩手,怕看不懂。所以我一直在等一本既能当作读诗入门,又能概览一些香港诗人的书。结果就是这本《咖啡还未喝完》,既是诗人也是评论家的陈智德和小西,编选了罗贵祥、梁秉均、蔡炎培、邓阿蓝等九位诗人的作品与评论它们的文章。这本书涵盖了老老少少几代香港好诗人,就算不能说很有代表性,也真是一时之选了。陌生的读者可以看看那些评论,不一定都易读,但一定可以在认识一个作者的同时,掌握些欣赏诗欣赏文学的门道。

比如说抒情,以前中学时代背过一些徐志摩的人,大概以为就是句句感慨的文艺腔。且看这本书里的刘芷韵,年纪轻轻,就被认为是"汉语诗歌最优秀的抒情诗人之一",但她的抒情虽然动人,却绝对是另一种营造感知的路数。又比如说写实,邓阿蓝写了很多描述劳工阶层的诗,还被港台拍成电视剧,不过那又不只是所谓的反映社会现实那么简单。这本集子都有选诗示范,都有评述分析。

　　回到诗人的寂寞。这本书脱胎自一个诗社的定期聚会,每逢周末就在旺角闹市的小阁楼上诵读研究,与街上人群河水井水互不相犯。但他们生命健康,没有埋怨没有不遇之欢,正如集子里关梦南《归去来兮》写一个迟暮中年的胸怀:"不再年轻 / 是应该退下来的 / 我不会怪社会嫌弃 / 城市是好城市 / 香港是好香港 / 十四岁来港工作、学习、思考 / 乃至于以后的结婚生女 / 国家不能给我的东西 / 这个城市给了我……"开阔坦荡,有人依然写诗,尽管你在楼下听不到。

工业以外

——《香港春卷》

看着色彩斑斓的《香港春卷》,我想起了当漫画还是黑白的年代。

直到今天,我仍然在看港产薄装漫画,也就是人物肌肉贲张,抡舞刀剑砍来劈去的那种。好看吗?其实不。只是上了瘾,一个星期一本地这么追了下来,戒不掉,也无谓戒。在报纸连载小说消亡殆尽的年头,香港还有任何接续不断的通俗读物吗?也就只有这些漫画了。

很多很多年前,接待过一个画漫画的台湾朋友,他想见识一下那些名震海外的香港武打漫画是怎样画出来的,于是我们就去了马荣成的办公室参观。结果叫他目瞪口呆,原来香港式漫画竟然工业化到了一个令人不可思议的地步。比方一把威力无穷的"神兵",是专责画刀剑的助理先在纸上勾勒出轮廓,再影印数张图画出来,让负责着色的另一个助理像小学生玩填色游戏一样,一格格地在空白处涂上指定的颜料,然后花一轮剪贴工夫,最后拼成一把多彩的武器。马荣成的助手向我们介绍各个不同的岗位,这是画"面相"的,那人画"风位"。一眼望去,整间办公室就是一条生产线,一堆熟练的技工正在埋头苦干。

所以在香港要定义独立漫画还真容易,因为商业漫画根本就是工业漫画,规模太庞大了。因此凡是一个人一笔一画地创作出所有,还卖不了钱的,就是独立漫画了。

说卖不了钱,那是真的。上个世纪的80年代,香港第一代独立漫画家联合贡献了第一本合集《退地》,尺寸比当年的《号外》杂志还大。里面有70年代曾在《号外》首开实验漫画之风的荣念曾(和他的剧场作品一样,他总是喜欢理性地质问什么是边界,什么是"语云",或四格之间还藏着什么等等),有在《年轻人周报》画小品的黄志辉,有挑战资本主义生活方式的李念慈,当然还有欧阳应霁。这是本好看的漫画,是本没有助理分工着色的黑白漫画;而且,大概知道不会有销路，它只出了两百本。

然后在台湾出版的这本香港新世代漫画家合集《香港春卷》里，我又看到了唯一坚持下来久休复出的欧阳应霁，只是这回他有色彩了。他正在试验剪纸般的风格，一块块的空白和一道道粗粗的边线放在一起，多了很多可堪咀嚼的画面细节。不变的是他那种抽离的冷嘲，这位近来以生活品味闻名的"慢活"专家居然开起慢活的玩笑，在《慢很慢》里，让一个喝杯水要花四小时的人物给街上的快车撞死，弥留之际还告诉急救她的人"慢慢来"。

杨学德是新生代漫画家中最不吝惜颜色的一个，他的《锦绣蓝田》是过去几年来最叫人回味的作品，缤纷的色彩吊诡地结成了浓浓的阴影，画出了多样但悲愁的屋村生活。这次他依然描绘耀目中环以外的香港生活，照样有很多幢幢的鬼影，但却意外地幽默甚至搞笑。比如说《小江湖》一篇，是两个公屋小鬼头模仿江湖片里的大哥，想凭拳脚打出名堂的故事，看起来可爱得简直快要跟《蜡笔小新》有得拼了。

智海一向有欧洲文学漫画的气质，每部作品都像忧郁而且逸出现实的短篇小说，有人说像卡夫卡，也有人说像卡尔维诺。看过他的《默示录》的读者，当会记得那些空洞的人物表情，就算笑也笑得勉强。在《香港春卷》的两篇新作里，他的风格变得愈来愈强烈，整个画面有音乐感，是线条和节制色彩形成的韵律而非对白，带引着读者一格格地穿过。他的笔触肯定，有自然，但情感的纤细脆弱一如以往。

《香港春卷》还有常在流行杂志亮相的小克与人形公子艺术家 Eric So，虽有五彩，独立依然，是本好看的漫画。不知它能售出多少本，肯定要比二十年前的《退地》多吧？可见二十年间香港工业的边缘化未必就结不出好果子。

室内的忧郁

——*The Writer and Her Story*

读智海的漫画,我觉得最好的办法就是像他在 *Her Story : the Black Void* 里面的一个角色所说的:"我希望读者看我作品的时间跟我创作的时间一样长",假如他画一格要用二十分钟,我们就该注视这一格二十分钟。但这是不可能的,尤其在闹哄哄的香港书展之中。这书展,恰到好处地呈现了这个城市的特质:狭窄、密集、高速。那天在书展会场的摊位里,我极力配合环境,犹如叫卖翻版光碟一样地叫卖书,然后库布里克出版社的朋友送来四本新书,其中一本正是智海的 *The Writer and Her Story*。我是不应该收下它们的,但我的反应比起自己已经迟缓的大脑还要快,结果道了一声谢就取过来了。我不喜欢出版社赠书,不是因为我清高,甚至也不是为了评论人的公正操守,而是因为我觉得书是应该自己买的,尤其是这类小型独立出版社的出品。我没有什么可以做的了,难道连花几十块钱买本书都不行吗?

回家之后看智海的博客,他很夸张地宣布:新书印好就立刻绝版了。那是当然的,它只印了三百本。*The Writer and Her Story* 最初是他自己手工钉制的册子,一开始印了二十本,后来又多了一百二十本,每次都是因应需要才制作出来,连封面也是他逐本画上去的。现在这本机器复制重印版固然不赖,但我还是喜欢那最初的粗糙,尽管我已不知把它放到哪里去了。

说回速度的问题,看智海的漫画要慢,并不在于他的东西很丰富多彩,恰恰相反,无论是 *The Writer and Her Story* 还是后来的《默示录》,他的作品都是一片黑白。尤其后者,往往有大量单调的重复。例如 *Her Story*,就有连续八十四格背景黑黑、浮现着一张正面人脸自己在呢喃自语的画面。如果你是个看漫画只是看故事或者单纯跟随文字的读者,你很容易掠过这八十四格,以为它们都是一样的。但只要再细心点观察,你就会发现它们每一张都是不同的。没错,它们很像，人脸一点表情也没有（智海的招牌）；可是那些轮廓的缺角是不一样的，每一对眼睛下方的阴影都有极细微的分别。这重要吗？重要，因为这么看你才会看得慢，看得慢你才能体会智海作品中那种因为长久等待而产生的时间停滞（就像困在荒岛多年的人不知道今夕何夕），看得慢你才能深深感到他的阴郁。很多人都说过智海作品的忧郁、哀愁和荒谬，也有人把它们归诸卡夫卡——启蒙智海的作家之一。所以他的创作似乎很有"普遍性"（"人的处境"、"现代的荒诞"等等），不像与他同辈的小克、江康泉和杨学德，一闻就闻出"香港味"。再加上他早期作品的文字都是英文，你若不知谁是智海，说不定会把他当作欧洲漫画家。然而在我看来，智海最像卡夫卡也最不香港的地方，却是他的忧郁乃一种室内的忧郁。听说他也很喜欢美国画家爱德华·霍普，那位把夜晚无人的街道画得非常寂寞，把人物画成空洞静物的著名画家。可是两人对空间的处理是很不一样的，即使是在画室外空旷的公园，智海也总是把它们画成"室内"。霍普可以把一间明亮的房间变成整个无意义城市的象征，智海则可以把街道和沙滩变成四面墙里的家具。就算我们没有真的看到墙壁，但我们也知道那些隐形的墙是存在的，封闭着整个空间。这空间愈是辽阔,那种室内的人工的虚构感就愈强,就像电影《楚门的世界》里的金·凯瑞活在一个完全人造的世界里一样,窒息,没有出路。卡夫卡的阴郁岂不就是这种室内的阴郁?

室内,指的不是一个实际的物理空间、建筑物的内在。室内更是一种品质和氛围,例如墙角的暗影,经过玻璃窗户的光线,与细碎的人声和它引起的回音。这种品质又是很不香港的,因为香港是一个连室内也都像是户外的地方,整个城市的肌理毫不费力地就伸进了住家里头,回家与上街的分别不大,因为每一个人的家都像街道都像商场。比如书展,你说那是户外还是室内呢?

出门是为了寻找自己
——《行于地平线》

　　我很羡慕那些背起背包放下一切,说走就走去"流浪"的人,我甚至怀疑其实每一个人都暗自羡慕这些背囊旅者,因为他们做到了我们大家都想干但是干不了的事。我们想,是因为我们都很好奇这个世界到底有多大,都想把自己放进不同的处境里面好探视自我的本质;我们做不到,是因为我们都有太多的责任和负担,都有太多自己才知道的借口和理由。所以我很羡慕林悦和林剑强,因为他们居然可以在某天夜里心血来潮,对着世界地图一比划就说:"我们从这里出发。"然后用了不到三分钟的时间把手指从东南亚划到西欧,再经过亚洲腹地回转出发点。接着他们卖了房子卖了车,辞掉工作，带着不算多的盘缠就上了路（反正钱不够的时候可以打工）。最后这一路走了两年，他们横跨欧亚大陆的其中一个成果就是这本《彳亍地平线》。

其实我本来就该羡慕他俩的了，因为他们是马来西亚人。在我看来，马来西亚华人简直是全球华人学习的楷模。不只是他们灵活地在多种语言之间来回跃动的能力，也不只是他们比香港人更有国际观，随便一个文化人都能从印度人的族群差异说到伊斯兰教瓦哈比派的兴起，更是因为他们对华人这个身份的敏感。中国人真幸福，我们天生下来就理所当然地做了中国人，从来不觉得文化和民族上的华人身份与国籍上的中国人有什么区别，华人与中国人对我们来说从来就是同一回事。但是，我们也因此丧失了许多自省民族身份的机会。相反，身为马来西亚国民，身为歧视政策之下的"二等公民"，马华知识分子对于国族身份这个东西往往被迫产生更复杂的批判思考（我说的可不是风凉话）。

于是，带着这样的自觉，林悦和林剑强的书要比如今不算罕见的流浪游记来得更"透明"、更自觉。负责摄影的林剑强本来可以抽离地拍出更多壮美动人的画面，但是他更喜欢从被摄人物的角度反过来测量自己的存在。负责书写的林悦本来可以把全本书写得更有趣、更猎奇,但是她却花了不少笔墨质问什么是旅游、什么是旅者。到了老挝,他们看见西方白人对穷困的第三世界人民特别友善,就想他们"在这些落后的国家所展现出来的礼貌,还有担心伤害对方自尊的包容心",或许也是另一种歧视。"如果大家都平起平坐,就没有必要有所顾忌"。所以林悦说:"剑强和什么人说话都用同样的语气,我有时还是难免多心,总是要扯一扯他的袖口,提醒他不要那么直接,免得吓坏人。"

我从未有过这样的旅行经验,但是我以为漫长的旅途必定叫人宽容。览天地之大,一个人不能不谦卑。可是我看过不少游记,却总是出现"壮游"和"远征"一类的字眼,它们的作者似乎一直盯着自己的双脚,时刻丈量自己走过的路程,大概觉得旅程是种可以炫耀自己的背景。所以我喜欢林悦的书写,尽管她会被过分热情的土耳其男子激怒,会为伊斯兰地区的女子面纱感到窒息,但是她一直用心地记述,非常温柔,非常地贴近地平线。日子久了,于是懂得分辨旅者的状态。那些背着巨大背包的backpackers,应该只是几个月的"短程客";真正长年在路上的,却不愿带上太多的身外物,他们苦行般地节制。再走下去,就会发现旅行的真义了。"在漫长的旅途当中,我不断在撷取土地、人民、历史所赐予的一切,一直不断地在承受,没有付出。作为一个旅人,我不属于任何地方,潜游在不断转变的各个国家,人民所承受的苦难与快乐,都是隔了一层距离来感受,实际上我没有任何具体的奉献。我突然了解到,身份是一个很重要的标志。因为有固定的身份,岗位就是确认了,就能够具体通过这个身份而进行回馈,说得老套一点,就是为社会出一份力。"然后就是回家的时候了。原来出门不是放弃责任,而是要更明白地寻找与确认自己的责任。

莱辛"伟大的失败"

——《裂缝》

再好的厨师也有失手的时候,作家亦然。只不过好厨师要力求水准稳定,同一道菜你吃两回可不该有太大的分别,而好作家则被容许犯错,只要他至少有一部足以挽回他所有声誉的惊世巨著就行了。如果你以为凡属诺贝尔文学奖得主的出品就必属佳作,那你也未免太天真了。绝大部分的诺奖得主都有过失败的作品,只不过那些用来界定他们一生的扛鼎之作实在太耀眼了,遮掩了一切的缺隐与暗角。

有些传媒形容 2007 年的诺贝尔文学奖"爆出冷门",居然落在八十七岁的多丽丝·莱辛头上。我真不知道他们所谓的"冷门"是什么意思?按照什么标准?是赌博公司开出的盘口吗?没错,事先是没有多少人猜到这个结果,但莱辛的得奖绝对不能称作爆冷门,这叫"终于"。谁是热门?村上春树?假如真让这个名过其实的红人得奖,那么我就不会再相信诺贝尔奖评审委员会的眼光了,虽然本来我就很怀疑凭什么一帮瑞典人就是天下第一流的文学评论家。(恕我孤陋寡闻,瑞典今天出过什么文学批评大家吗?)

说回莱辛,她可说是近几年来最实至名归的诺奖得主之一,在这位教母级作家五十多年的创作生涯当中,单是一本《金色笔记》就不知能够压过多少人了。说她是冷门黑马的人大概根本没看过这部超越时代的经典,就算看了多半也没看懂。不过,正如三星级大厨也会生病,莱辛也有她的低潮。

莱辛今年推出的《裂缝》(*The Cleft*)在很多人眼中就是她的低潮了。有些论者把它批得一无是处,例如我十分敬佩的科幻小说大师乌苏拉·勒奎恩就认为这本书犯了"本质主义"的错误:"解剖学就是命运,性别绝对二分。女人被动、不好奇、胆小,只为生育而存在;没有男人,她们很难脱离动物般的无知。男人则聪明、有创意、大胆、鲁莽、独立,他们只需要女人去释放自己的欲望和养育更多的男人。"这简直完全背叛了莱辛早年在《金色笔记》里表现出来的复杂思考。即使是最客气的论者，也说《裂缝》是场"伟大的失败"，意图伟大但是下场惨淡。

究竟《裂缝》是本怎么样的书呢？简单地说，这是个寓言，人类起源的寓言。莱辛根据她读到的科学发现，构想出一群介于人与海象之间的远古人类，她们全是单性繁殖的母兽，定居在一座岛屿的海岸崖壁之间。这群最早的"女人"（如果她们算是人的话）自称"裂缝"，一方面是因为她们住的地方有一道巨大的裂口和孔洞，另一方面则是因为她们的生理特征。这些女人镇日徜泳在海水之中，以水草和鱼类为生，要不就躺在岩石上头，无所事事。可是她们偶而会生下一些"怪兽"，身上长了"管子"的变种，于是惊慌失措的她们就会把这些怪胎从悬崖推到裂缝里头消灭解难。后来她们才发现，有些怪兽被巨鹰叼走，活了下来，开始成群地活在内陆的林子里。人类的历史就在这两群人注定的相遇、对抗、谋杀、强奸和各种疑惑之中诞生了……

这么类似母神传说的远古记忆被保存在一份残缺的口述档案里头，而整理和研究它们的就是这本小说的叙述者了，一个尼禄皇帝时代的罗马老参议员。整本书就在原始档案的复述和这位参议员的评注之间来回跳动，平行前进。

坦白讲，尽管勒奎恩的批评不甚公允，但她的观察是正确的。在这个传说里面，火的发现、房屋的建造、武器的生产、船筏的使用，几乎全是长了"管子"的男人的功劳。女人最擅长的，似乎就是投诉男人不关心小孩，和记住所有发生过的琐碎杂事。何以如此？莱辛没有解释，看来果然是"管子"和"裂缝"天然的生理区别，因为全书没有多少心理描写。就像有些评论所说的，既然这本书根本没有什么角色可言，又怎么描写心理呢？然而，角色的存在却是正常读者对一部正常小说的应有期待。

我觉得《裂缝》最了不起的地方正正在于它要说的是一个不可能被诉说的故事。请注意，那群女人是真真正正的先民，一开头他们甚至分不开"我"与"我们"的区别，没有完整的自我意识，所以连姓名的意义也是可疑的。在这种情况底下，"角色"又该怎么确立呢？再说时间，另一个小说的必要元素，这群先民却也不知其为何物。而空间，那些出海探险的勇敢男子竟然闹不清左右远近的概念。莱辛用罗马参议员的声音不断反省叙述这个故事的艰难，因为故事里的一切全在文明之前、文字之前、时空之前、感情之前。如何用文明时代的概念去理解史前的状态呢？这群人不知时空，不知自我,不知爱恨,乃绝对的先祖。整部小说要处理的,就是这些我们视作当然的事物渐次出现的过程——时间的真正开端。

莱辛的野心确实很大,写得有点啰嗦,因为她在写的是故事的源头,要用一堆历史开展以后的工具去描述历史以及这些工具的发生,你怎能不啰嗦?怎能不在恰当文字的选择面前进退失据?《裂缝》也许是个"伟大的失败",但我相信未来会有更多人注意它的伟大,多于它的失败。

吸血僵尸原来是藏书家
——《历史学家》

念中学的时候,也曾凑热闹玩碟仙,试过上来一个"鬼魂"自称是元朝人,同学们可乐了,争着问丘处机与成吉思汗的关系到底如何,襄阳城失守时郭靖又是怎么死的,诸如此类的问题。后来在大学读哲学,也曾想过如果去"问米",是否可以起康德于地下,请大师亲自指导《道德形而上学基础》?又如果康德真的上了问米婆的身,那这香港老太太张口说的是德文,还是粤语呢?

关于历史、知识与鬼的遐想,读书人可以在伊丽莎白·科斯托娃(Elizabeth Kostova)的《历史学家》(*The Historian*)里得到满意的回应:鬼原来也是读书人。《历史学家》是当年英美两地的畅销书,也是科斯托娃拿了写作资助计划后穷十余年之功的处女长篇小说。说它长,还真是长,全书厚达六百四十二页,难怪有评论说适合带去海边度假胜地消遣永日。只不过在日光底下看,气氛会不大对,因为这本书阴冷诡异,讲的是吸血僵尸德拉库拉伯爵。

断断续续用了两个礼拜把它看完,觉得《华盛顿邮报》等一众书评对这本书的评价实在是过誉。科斯托娃的野心很大,采用布拉姆·斯托克(Bram Stoker)那本原始经典的手法,全书以书信和日记编撰穿插而成。更厉害的地方是它的叙述穿越数百年,起于2008年,经过冷战和第二次世界大战,上溯到中世纪土耳其帝国的兴起。地点则横跨大西洋两岸,伊斯坦布尔、阿姆斯特丹、布达佩斯、牛津、阿尔卑斯山和布加勒斯特等不同城市的风貌一一活现。作为一本流行小说,它的技巧和结构可说十分精巧,人物也叫人难忘,而且主要是情节也够悬疑,是部时空跨度很大的侦探小说。

但我不懂为什么那么多评论说这本书有历史小说的格局,而且还给出了一个独特的史观?那个史观就是几世纪来人类最血腥恐怖的事件(例如纳粹的兴起)都和德拉库拉伯爵有关!虽然他自己在书里的确冷笑承认:"嘿!我喜欢看到这些东西。"但这说法太过牵强,除了恶魔这句暗示,小说里并没有足够的支持,所以它顶多是本以真实历史为背景的悬疑故事,正如《射雕英雄传》也没人会说是部历史小说吧。

《历史学家》之所以叫作《历史学家》,之所以能令读书人着迷,是因为它彻底改变了吸血鬼的形象。原来德拉库拉伯爵在书里最喜欢引诱的不再是美少女,而是学者,尤其是历史学家!为什么?因为伯爵行事风格虽然乖张,为人作鬼都很邪恶,但原来也是个藏书家,数百年来四处搜罗善本,成果丰盛,他那惊人的收藏里不乏早就绝迹失传的名著。伯爵命好,"活"了几世纪,有时间通晓各国语言,饱读群书。他最大的问题是要找对人来整理藏书,所以他不断引诱最优秀的学者,咬他两口使之变成半死不活的图书馆长。

诱惑的办法是神不知鬼不觉地在你桌上放一本手工精装的皮面中世纪古籍,奇怪的地方是里头有用远古墨水手书的阁下大名,让你好奇心起,一步步追查直到他的身边(补充一句,这书还是伯爵亲手装订的)。听来可笑,但若真有一天,有这么一本书出现在你的书桌上,情况大概就像问米婆真的开口说德文一样,并不很好笑。

间谍的处境
——《女鼓手》

如果我只能看一个间谍小说家的作品,那必定就是约翰·勒卡雷(John le Carre)。因为他写的不只是精密曲折引人入胜的间谍故事,还是人在间谍处境的表现与变形。什么叫间谍的处境呢?试想一个埋伏在敌方阵营十多年的间谍,每天要和同事开会研究怎样对付真正的自己人,午餐在饭馆里与熟识的朋友瞎聊扯淡,晚上临睡之前要去女儿的床前吻一下她的额头。然而却没有任何人,包括他的至亲,知道他真正效忠的对象。

间谍的处境是一种异常状态,所有人间社会最基本的价值都在此扭曲变形。信任变成一种最不可信的东西,看着身边人对自己的倚靠,一个间谍是会奸笑还是难受呢?背叛也不再是种绝对不可接受的罪恶了,因为他的背叛正是为了更大的忠诚。进而言之,所谓的终极忠诚也变得非常虚无缥缈,难道他就没有一刻怀疑过自己?难道他就不曾想要找个人吐露真相,卸下多年来纠缠在思绪与睡梦中的重担?

在勒卡雷的作品中,间谍处境其实是个大型实验室,把各类身份不同背景不同的人像动物一样丢进去,看他们的肢体被拉长截短,看他们在火炉里头炙烤,于冰库之中瑟缩,然后静静注视饱遭折磨之后的这些动物出神发狂,又或者沉默失语的状态。

斯皮尔伯格拍的《慕尼黑》(Munich)处理巴以问题这么敏感的题材,好不容易找到了一条薄窄的中线,不偏不倚。那就是强调"人性",无论是巴勒斯坦的恐怖分子,还是以色列的特工,都是有家室有血肉的活人。只是如此一来,又要挨受批判力度不足的指责了。什么都升华到人性层面,那还有对错之分吗?巴勒斯坦的恐怖袭击固然可恶,但以色列对巴勒斯坦人的迫害难道就是正义的吗?

其实"探讨人性"未必就得避开政治批判的锋芒,讲巴以问题要不偏向任何一方也不一定就得牺牲道德力量。勒卡雷在《女鼓手》(The Little Drummer Girl)一书中就作出了最佳示范。故事大纲很简单，说的是一个以色列特工引诱一名有左倾激进思想而且同情巴勒斯坦的英国女演员，把她吸收倒向以方阵营，要她"饰演"一个和巴勒斯坦恐怖组织成员勾搭上了的天真女子，再打进该组织的核心，使它彻底瓦解。

本来根据评述推理和间谍小说的伦理铁律，我是不应该在读者还没看过这本书之前，就把故事说白道破的。但是我固执地相信，任何一部小说（即使是推理小说），如果事先说穿了结局就不再好看的话，那它肯定好极有限。因为它唯一吸引人的地方居然就是那不可揭穿的终点，一旦揭开，就像泄了气的气球，再也没有什么值得留恋回味的东西了。可是《女鼓手》绝对不是这种小说，它真正的力量全在故事推进的细节，也就是那座实验室里发生的戏剧。演员原本是最陈腔滥调的间谍比喻，但在勒卡雷那解剖刀般的笔下，却割出了最让人苦痛的内涵。那个英国女演员要假装自己有个恐怖分子情人，好博得整个组织的信任，问题是那个情人早就死在以色列特工手中了。于是她的以色列导师要像个导演似的带她入戏，做她的假想情人。在这个过程里面，她先是被诱导放弃自己的反以思想,再从头训练好投入更狂热的反以恐怖分子的角色。一个人历尽几次脱胎换骨的自我否定,受尽煎熬的她自然只有疯狂的结局。而那个引领她的以色列特工,则因为教导工作干得太出色,把反对以色列的理由说得像是由衷而发,终于也入戏到了无法自拔的地步。可见间谍实在不像007那么潇洒,而是考验人性的极限状态。

剥洋葱,还是蟹行?

——《蟹行》

诺贝尔文学奖得主君特·格拉斯(Günter Grass)的回忆录《剥洋葱》(*Beim Häuten der Zwiebel*)已经在德国出版了,因为他那段自爆曾是纳粹党卫军的内容早被媒体炒得沸沸扬扬,所以这本书立刻就成了畅销书,初版十五万本几乎一日售罄。但是原来就带着怀疑目光的评论可没什么好话,一般认为他对二战期间的经历还是太有保留,既有记忆不清的情况,还过度跳跃。看来,围绕着格拉斯的争论绝不会随着这本自传的出版而冷却。

《剥洋葱》和格拉斯最近一部小说《蟹行》(*Im Krebsgang*)的书名,恰好是两种对待历史与回忆的方法。剥洋葱得一层层地剥，外皮之下仍有外皮，但藏在最深处的核心总有大白于天下的一刻。蟹行可就没这么乐观了，一条明快的大直路并不存在，我们必须横着走，进三退一，方有接近终点的可能。

两本书谈的都是令人不堪、不知如何启齿才好的往事。《剥洋葱》说的是格拉斯这位"德国良心"的丑陋青春期，至于《蟹行》，则是苏联盟军炸沉了乘载着一万二千名德国儿童与难民的"威廉·古斯特洛夫"号邮轮的历史禁忌。我不懂德文，所以《剥洋葱》怎么剥法还不好说。至于《蟹行》，为什么一定要如蟹般行进，迂回叙述？是真相不可逼近？还是历史本身的性质决定了我们只能用这样的步骤窥视它呢？

如今有人事后回顾，认为格拉斯重提这件尘封旧事，隐约有为纳粹翻案的倾向，和日本军国主义老将东京大轰炸和广岛的核爆放在嘴上一样，是想告诉大家当年的德国也是受害者。可是，难道我们就该把这段历史放在一旁，置之不理吗？格拉斯明显持否定的态度，因为这等于把当年的悲惨事件送到新纳粹的手上，任之诠释。

为了避免让新生代的极右分子拿"威廉·古斯特洛夫事件"大做文章，他不得不自己动手处理，但同时又得小心那种对待历史的姑息心态，以为向前看就是唯一的选择。于是格拉斯不得不左闪右躲,且进且退。

然而,悲剧还是发生了。小说的叙述者,当年海难事件的幸存者,花了一生的力气想要遗忘这桩可怕的事件,努力去做一个新德国的好公民。偏偏自己的儿子,那个温文冷静的少年却成为极端的新纳粹,开设了一个网站,详尽地搜罗和展示所有和那艘被红军击沉的邮轮有关的资料,一方面为逝去的第三帝国之荣光招魂,另一方面则集中火力谴责犹太人的阴谋。更惨的是,这孩子最后竟开枪打死了一个自称是犹太人的德国少年,成为谋杀犯。

整个故事,整段历史,牵涉到当年一个红军潜艇的舰长不被承认的荣誉,一个犹太刺客的"英雄事迹",与一个纳粹"烈士"遇刺的经历,以及现代新纳粹的心理和德国人的自悔,篇幅虽短,但无比复杂,叙述者在其中犹豫迷航。唯一能把所有线索理清的,却是那个外观理智的少年犯。他的父亲不寒而栗地发现自己的儿子在法庭上如此清醒,如此雄辩。他不但罗列证据说明德国全民纪念"威廉·古斯特洛夫事件"的理由,还认为俄罗斯人不够尊重那位用鱼雷摧毁了这艘船的海军舰长,甚至支持犹太复国主义,尊崇以色列的实力。这到底是怎么回事?一个新纳粹杀手竟然歌颂当年的敌人，主张以色列建国的权力，并且正面面对历史？

或许，这就是蟹行的理由。因为那可以条理分明、不惧纷杂地梳理历史的人，反而是立场最鲜明行动最危险的人。如果历史复杂，我们也只能用复杂的手段切入，哪怕因此隐晦吞吐。对于自己的过去，格拉斯是否也该采取同样的态度？抑或像剥洋葱一样，以为最单纯最不可分解的根本真相是存在的呢？

必要而寂寞的注脚
——《黎键的音乐地图》

在香港乐评家黎键先生的追思会上,我想起接近二十年前的一段往事。那时我刚开始写剧评,少年气盛,常常一下笔就骂人,大概没有几个艺团没被我骂过。那年头的报纸多半还有文化副刊,在上面发表评论的人也比今天多得多,大家很有兴趣打笔战,难得编辑又能容忍,于是为了一场演出就可以说上两三个礼拜,你来我往,十分热闹。像我这种年轻人,目无尊长,谁写的东西都看不顺眼,所以就老挑同行前辈的毛病,肆意攻击。黎键先生从上个世纪50年代就开始写评论了,虽然擅长古典音乐和传统戏曲,但他关心的范围很大,就算最前线的小剧场演出也是他感兴趣的,如此资深的评论家当然也是我的"对话对象"了。记得有一回合，我好像用上了"藏头露尾"一类的字眼形容他，真是尖酸毒辣。后来我在一场座谈会上第一次遇见他，老先生居然很高兴地走过来拍我的肩膀，称赞我写得不错，要好好努力"坚持下去"。这么多年过去了，我一直想向黎键叔说句对不起，可惜我没有这个机会了。

正如乐评人周凡夫在会上所说的，香港没有多少个艺评人能在身后得到这么多人的追念。黎键叔不只写乐评，而且致力发掘推广民间歌谣、广东戏曲和中国传统音乐文化。最近香港人很怀旧，喜欢谈"集体回忆"，黎键叔曾经用了很多心力搜集西贡"畲歌"和九龙土著的"粤歌"，其实这就是在保存香港人的声音历史。他又和阮兆辉等大老倌合作，找出许多几近失传的戏曲根源，反而使得粤剧表现出一种古朴的新意。说到新，他居然也和导演何应丰一起探讨实验戏剧的美学问题，推出的作品据说令不少观众头疼，嫌它太新，看不明白。在这场追思会上，有老有少，真是什么人都来了。

回家翻读黎键叔生前的最后一本著作《黎键的音乐地图》，里头固然有许多见解深刻的好文章，例如他谈中乐的合奏与走向"交响化"的困惑，二十多年前看了就很受启发，觉得那真是想都没想过的问题。可是我更感兴趣的,是最后几十页的演出资料和场刊介绍,那全是黎键叔十多年来参与过的活动记录,他或者是一场音乐会的策划人,或者是某系列讲座的统筹,或者是一台戏曲表演的顾问,也可能只是为了别人在场刊上写一篇导赏。这些材料正是大家平常觉得最没有保留价值也最不应该结集的,但我却深深陷了进去,因为我在这里看见一个艺评家以至于所有评论人的角色与悲凉。或许将来某天,有人要写香港戏剧史,里头会大篇幅地谈论某位导演的成就,又假如有人要写粤曲的美学理论,必然少不了一批复古的实验创作。在这样的书里,我们可能会在某一条注释看到黎键的名字,他成了一条注脚,正如历史上绝大部分的艺评人。只有同代的圈里人了解,这条注脚是多么重要:没有他,这些艺术家可能不会有这些作品,就算有,也不会是后人看见的模样。除了创作者和观众,艺术文化就是靠那一堆场刊所体现的中介机制累积起来的。但是到了事后,创作者和观众都会忘记他们最初是如何相遇的,而黎键,就只是一份过时场刊上的一角,上面写着"统筹及策划:黎键"。我对不起黎键叔,我没有在他走过的道路上"坚持下去",大概是因为我受不了这种寂寞。

汉学家的追忆
——《追忆》

谁是宇文所安?请看他的自我介绍:"……其人也,性乐烟酒,心好诗歌。简脱不持仪形,喜俳谐。自言其父尝忧其业中国诗无以谋生,而后竟得自立,实属侥幸尔。"我头一回知道宇文所安,大概是80年代末90年代初吧,那时看过一本他写的书,叫作《追忆》,有个副题,是"中国古典文学中的往事再现"。只是,那时候他的名字应该被译者叫作"斯蒂芬·欧文"(Stephen Owen)。

《追忆》本来是英文书,原名 Remembrances,而斯蒂芬·欧文则是哈佛大学东亚系的讲座教授,宇文所安乃他为自己取的中文名字。《追忆》一书当年中译出版,震撼了不少研究中国古典文学的学生,想不到中国诗词还可以这样子谈,更想不到一个老美居然比我们还要"中国"。绝版多年之后,这本书联同宇文所安的其他著作,一起由北京三联再版。书的印制装帧漂亮了,作者的名字也换上了他本人更喜欢的中文姓名,还加上一段他自己用中文写的作者简介,更是拉近了这位汉学家的中国联系。

所谓"追忆",是宇文所安眼中中国古典文学的根本特质。西方文学一直很关心一道鸿沟,就是作品和它所要表现的真实之间的那条界限。文学是否要反映真实?那真实又是什么样的真实呢?是社会的还是心理的?作品本身是透明的吗?还是犹如衣裳一般掩盖了真实?而中国文学,照宇文所安的说法,其鸿沟则发生在时间之中,关乎记忆。文学往往是一种往事回忆,它能记得住多少旧事?往昔的世界能够被存留在文字之中吗?

说是文学,但宇文所安由回忆这一个视点出发,却穿越了中国文化的各种元素和面向,例如中国各大名山上的碑铭石刻。西方人不作兴搞这套,而是喜欢保留自然风光的原始风貌。但中国文人除了想把自己对山水的感观留在山水之中,与后人分享之外,还想透过刻在石上的文字表示自己也曾到此一游。这是中国人企盼不朽的方式，他们想被后人记住。一想到人生在世最终灰飞烟灭，难免叫人悲从中来。"前不见古人，后不见来者"是这么一种面对时间变幻席卷一切的力量时感到的寂寞，难怪就会"念天地之悠悠，独怆然而涕下"。所以这么多碑记记的也是昔人往事，因为念及古人就这么一代代消散在今人的记忆之中，就会感到有责任要把他们的名字事迹留给后世。前人的永在，全靠吾辈的追念。而我们这一整代的人，终究也会整代消失。有意思的，是写怀古文章、收集古代器物与勒石刻碑此等怀旧行为，却把自己也都留在后人的记忆中了。上泰山，看见这么多古代文士王公的痕迹，那可是一代代中国人抗拒朽坏和遗忘的悲凉记录。

《追忆》这本小书迷人优美，因为它不是系统的现代理论，也不是传统的考证注释，而是用独特的观点，随兴游走，宇文所安把很多被前人称颂备至、但我们不知所以的名作一一诠解得叫人感动。或许就像这位站在一段距离外观察中国的作者所言，他用了一种英语essay和中国散文传统的书写方式，反而重现了中国文学评论的高妙。

招领记忆

——《失物招领处》

和很多人一样,我为刚买回来的书立了一个规矩,未曾翻阅浅尝就绝不上架。结果自然是场灾难,地板上一大堆书迫得家人无路可走。新年讲究意头,为了让大家财路亨通,我趁假期收拾藏书。结果有很多意外的发现,原来有那么多书自从带回家那天起就被忘在角落,无人垂顾。好好一间房子,被我弄得像一个失物招领处。

西格弗里德·伦茨(Siegfried Lenz)是德国最受欢迎的当代作家之一,他的《德语课》许多人都读过,《失物招领处》则是他2003年出版的近作。《失物招领处》的故事很简单,完全就建立在失物招领处这个概念上。男主角亨利是个二十多岁的年轻人，聪明可爱而且单纯，他家经营一间生意不错的陶瓷店，又有长辈在铁路局当主管，但他既不想仰赖祖荫，也没有什么宏图大志，一心只愿在火车站上的失物招领处当个小职员。

失物招领处是个迷人的工作环境吗？在亨利的眼中，是的。原来人类真是种善忘的动物，什么东西都能丢在火车上，于是火车站一个小小失物招领处就像个杂货摊，从最常见的衣物、手袋、照相机到结婚戒指、野餐餐具和飞刀，无奇不有。每一样东西都有自己的故事，都曾在一个人的生命中占有一个位置。如果那是一根手杖，或许它曾支撑过一位老人行走站立，与他形影不离。可是，若它真是件不可或缺的东西，为什么又会被人忘在车上呢？是那老人有了根更好的手杖，还是老人已到了起不来、走不动的地步呢？所以一个失物招领处也是个充满谜题与失落记忆的地方，亨利喜欢猜测其中的秘密。

如果有人来认领失物的时候，那就是亨利的欢乐时光了。例如一个杂耍艺人要认领他的工具箱，亨利按规矩要他证明那箱子的确是他的，于是艺人就纯熟地拿出箱内的玩具耍弄起来，失物招领处顿时变成了马戏班小舞台。结果当然是大家欢呼鼓掌,艺人心满意足地取回自己的东西。因此,亨利认识了许多人,各行各业不同年龄,这里是个小世界。

有些东西可以忘记,例如雨伞;有些事丢不了,但最好忘记。亨利在失物招领处结识了一个从俄罗斯巴什喀尔地区来的数学教授,成为好友,西格弗里德·伦茨透过这段友谊写出记忆与遗忘更宏大的一面。现在的德国已离纳粹时代甚远,大家都忘了种族主义和仇恨政治的肆虐,但那真是一段不该被遗忘的记忆,因为只要忘了它,它就会自己回来,变形以另一番面目重现。这是记忆的吊诡,只有记住悲剧,它才不会重演。

我喜欢亨利收集书签的嗜好。要是失物招领处的书放了太久都没人要,他就会拿起来翻一翻,看看它是否夹着书签。书签这种东西很有意思,本来是样提醒读者书读到哪一页的小道具,最后我们却往往连它都给忘在书页里,消失在书页中间。直到你整理书架,你才会发现这些失落了的记忆。

村上春树的另一面

不知道究竟是怎么回事,反正我对村上春树就是提不起劲。第一次读他,是《遇见100%的女孩》以及《听风的歌》,也许是因为和自己心目中的日本小说相去太远(那是上世纪的80年代,我还在如饥似渴地读着川端康成),我很难把握他那种轻飘飘软绵绵的虚无。到了《挪威的森林》之后,我就干脆彻底放弃了。尽管他越来越受重视,差一点就要拿到诺贝尔文学奖,尽管身边很多朋友都说:"你至少该看看《海边的卡夫卡》,它会完全扫掉你的偏见。"可是我依然固执地保持距离,就像避免一种可能美好的瘾癖。

多半是我太矫情,由于厌倦那一阵子人人都说村上春树,人人都像引用圣经般地引用他,甚至于人人都想自己活得像他小说里的角色一样无谓生活(也就是流行一时的所谓"村上风"),所以我就和躲避玉女歌手似的躲避他。一个自封为铁杆球迷的人居然以贝克汉姆为偶像,难道不丢人吗?

不过,我毫不犹豫地买了他的新著《当我谈跑步时我谈些什么》,以及它的英译本 *What I Talk About When I Talk About Running*,并且用很快的速度读完英译本,然后再看中译本。

我是应该喜欢村上春树的。非常巧,我几乎喜欢一切他所喜欢的东西:Charlie Parker、威士忌还有美国文学。被他翻译成日文的几位作者恰恰是我心目中最了不起的大家,例如雷蒙德·卡佛、勒奎恩,还有菲茨杰拉德。村上春树是这样评价《了不起的盖茨比》的:"年纪轻轻才二十九岁的作家,怎么能这么敏锐、公正,而且温柔地读取世界的真相呢?"说得真好。

在读者所知村上春树的所有嗜好里头,只有一种是我未能分享却又深深佩服的,那就是跑步。从1982年开始,他每天持续跑步至今,每年还至少跑一次全程马拉松。这个习惯是日常生活节奏的一部分,与他身为小说家的身份紧紧连在一起。就像上班,早上5点前起来,先伏案写作四五个小时,然后就换上鞋子出门练跑。不是一般的晨运,而是真真正正为了赛事累积运动量,是精密的状态调控,耐着性子的计划执行。为了什么?为了专注力。"把自己所拥有的有限才能,专注到必要的一点的能力,如果没有这个,什么重要事情都无法达成。"接着是持续力,"就算能做到一天三四个小时,集中精神认真执笔,但持续一个星期就累垮,那也没办法写长篇作品"。他说:"写文章本身或许属于头脑的劳动,但是要写完一本完整的书,不如说更接近体力劳动……坐在书桌前面,精神集中在镭射光的一点之上,从虚无的地平线上升起想象力,生出故事,一一选出正确的用语,所有的流势全部保持在该有的位置上——这样的作业,比一般所想象的需要更大的能量,且必须长期持续。"

我特别佩服这种生活极有规律的艺术家,他们的创作就是工作。工作不是贬义,却是一位全职作者的自我认知和要求。一般人想象的写作太浪漫了,是一个才子的灵气迸发,其来无影去也无踪,不拘时地无法无相,典范则是"斗酒诗百篇"的李白。然而,对于一个深恐自己才能终有限,因而想要小心维护它、养育它的作者来讲,用"工作"这个字眼去命名自己的创作实在是太重要了。与一般上班族不同,写作似乎是自由的,可以随意支配自己的作息时间,但这正是作家的最大陷阱,这种状态很容易使你丧失焦点,精神散乱成一堆昏暗的碎片。欠缺规划、节奏与纪律,不只写不了鸿篇巨制,可能连短小的东西也没法一直保在该有的水准上。"工作"就是要锁定自己,它不是没有灵魂的程序的匠技,却是种类近于修行的养气之道。所以豪迈奔放如海明威,也一样极有规律地工作。

尤其在这个写作不太像是种职业的时空里,自己更要清楚地用工作的态度去界定自己的生活,别人上班,我也"上班",别人下班,我也"下班"。否则原来就有漂浮倾向的这种自由行当就会变得更离落更无根,连自己都不知道自己到底是干什么的。假如一个作家不能很无愧于心、很踏实地告诉别人"我的工作就是写作",他多半不会是个好作家。

善本

董桥专栏就开在我自己专栏的上方,我可不敢随便说些什么。再夸他有多好,未免太过谄媚。更何况,我根本不知道该怎么面对他这些雅致精巧的艺术品。这样子说吧,每周报纸一来,我连头条新闻都不看,趁着耳目清明未染俗尘,直接就翻到有他文章的这一版。可是,我总觉得有点可惜,可惜这报纸上的油墨太过浓浊。看过他的新集子《绝色》了吗?你一定会明白我的意思。

很久以前,买书回家,我一定要拔掉封底的标价贴纸,觉得铜臭味很不干净,玷污了书。年纪越大,发现人越低俗,除了少量珍本,其他书任其保留商品本色也不坏(当然,珍本封底又怎会粘上贴纸呢？），说不定以后还能当作物价变化的见证。可是那天晚上读《绝色》的时候，却总是感到有哪里不对劲。一本墨蓝精装、压烫金花，富丽但又淡雅的十六开小书，我翻来翻去，终于还是把背后书店贴上的标价摘了，心里才算踏实。

好像每个读书人都能写书话，写自己访书寻书的故事，但这实在是门易进难出的学问，看得多了，你就会发现大家都很像。比如碰到一本心仪的著作，价钱贵得惊人，作者就一定要表达他的坐立不安、日思夜想，结局不是持续暗恋就是欢喜收场，一切皆在意料之中。不是大家的文字很像，而是爱书人的心情一样。《绝色》换了第二个人来写，多半就会沦为另一个信徒的见证：感人，可是有点太多了。

然而，董先生却是借题发挥，几十篇小品谈的都是英文善本，最后仍不脱董桥散文那旧时明月的本色。"我不是藏书家，是痴恋老岁月的老顽固，偏爱的老书家里都藏着好几种老版本。"例如查尔斯·兰姆（Charles Lamb），就像王念青先生对他说过的："'别着急，'他说，'闲时慢慢读，慢慢学，图的只是心中供养一点清气！'"（《英国首相的礼物》）年纪大了以后，"不必做研究不必求学问真好。买书玩赏装帧，读书为了消遣,写作不计毁誉,这样美丽的颓废,人老了才有缘消受"。明明有无数的价码,明明有那么多书市上买卖的遭遇,但金钱在此,已经不是诱惑和诱惑的障碍,而是记忆池塘上悬垂的无钩鱼丝,不为垂钓,只为标记。书是划算,还是昂贵,都不再重要了。

喜书之人好谈"品相",原来指的是书本的装帧设计和印刷,很物质、很技术的一回事。不过,鉴书如鉴人,有诸内而形诸外。所谓品相,到底不离文本,《绝色》模仿旧装古典,换了第二本书,能配得上这般皮相吗?

我想起上个世纪的 20 年代,欧陆掀起现代设计的风潮,现代字体设计的奠基者扬·奇肖尔德(Jan Tschichold)发表宣言《新字体排印》(*Die neue Typographie*),跟随包豪斯,主张适应新工业技术的来临,打倒一切文化上的阶级隔阂,要把精美的印刷品从贵族手中解放出来。偏偏新大陆上的美国反其道而行,大批回归古典的手工小作坊雨后春笋地一一冒头。在最工业化的年代,在最正面歌颂现代成就的国家,美国的爱书人反而保守起来,以精巧贵价的"善本"(fine book)为尚。现在是默多克帝国旗下一员的兰登书屋,当年也是以此起家。一时间,资本新贵纷纷把"这人家里有很多善本"（This man has fine books in his home）当作美誉，就和我们今天夸一个名媛全身上下都是 LV 一样。后来《了不起的盖茨比》的爵士时代，终结于黑色的大萧条，善本的黄金岁月就跟着过去了。不只是顾客都破了产，也是因为有"too many fine books"放在家里，善本之善就无从说起。

现代科技不把书当作书，而只是一堆字，只是内容，印在纸上和显示在手机的显示屏上没有分别。前些年亚马逊推出电子阅读器 Kindle，可惜当时在香港用不了，否则我也很想立即试试两百本书装在一小盘机器里随身走的滋味，更不用提它方便笔记，随时上网检索字典百科，随时下载购买新书的强大功能。那么，我们所知道的书，这种有千年历史的纸制印刷品，是不是快要消亡了呢？其实当年美国善本热的背后，埋的就是这种心理。他们怕大众报刊、唱片和收音机会取代伟大的文学经典，于是要用最精致的品相保存书文化的命脉。或许将来会再有这股风潮，就让其他人继续看手机小说吧，我们自己印自己的《绝色》。

兰姆的心灵鸡汤

我第一次听说兰姆,是小时候看他和他的姐姐玛丽·兰姆(Mary Lamb)合作的《莎士比亚戏剧故事集》(*Tales from Shakespeare*),印象并不太深,因我看的是个不甚理想的中译本。后来看梁遇春把兰姆写得很神,才发现他是个散文大家。只不过梁遇春介绍他的时代,已经过去了好几十年。今天,不只中文读者不熟悉他,恐怕连英语世界也只把他当作一个文学史上的过时人物了。

应该怎么向现在的读者推荐兰姆呢?其实兰姆的散文就是心灵鸡汤,并且是上好的心灵鸡汤。就像梁遇春所说,兰姆一生坎坷,却总能在文字上保持幽默,然又不是那种带上小丑面具的苦命人,绝不强颜欢笑,也不故意逗人开心,更不掩饰自己生命中的无奈与苦难。兰姆的幽默,是很平淡自然地在别人觉得很不堪的经历里看出意思。

少年时代成绩很出色的兰姆因为口吃上不了大学,后来就不时跑去牛津大学看书散步,想象自己是个学生:"在这里,我可以不受干扰地散步,随心所欲地想象自己得到了什么样的学历、什么样的身份。我仿佛已经获得该项学历。过去失去的机会得到了补偿。小教堂钟声一响,我就起身,幻想这钟声正是为我而鸣。我心情谦卑之时,想象自己是一名减费生、校役生。骨子的傲气一抬头,我又大摇大摆走路,以自费上学的贵族子弟自居。我一本正经地给自己授予了硕士学位。说实在话,跟那种体面人物相比,我也差不多可以乱真。"(《牛津度假记》,译文全引自刘炳善译《伊利亚随笔选》[*Essays of Elia*])

他的姐姐发疯杀了妈妈,人人嫌弃,唯有兰姆终身不娶,独力照顾她而不以为苦,不单如此,他还要说她"为我做管家,年头儿可不算少了。实际上,远在我记事以前,我就受到过她的百般照顾"(《在麦柯利村头访旧》)。

兰姆自己的精神状况也不算好,至少进过一次疯人院,后来又犯过几次精神衰弱。对于生病,他深有体会:"病人独卧床榻,亚赛王侯。看他在自己的床上,君临一切,不受约束,只由着性子为所欲为,多么像一个国王……人一病倒,他在自己心目中就非同小可了!他一下子成为他自己独一无二的关心目标。只顾自己、不管别人,变成了他的本份。"(《病体复元》)

即便一生多不如意,回顾起来,兰姆还是要说:"过去的不顺心之事,我不断地纷纷然重新经历一番。往日的挫折,我不再受他们伤害,像是穿上了盔甲……在我一生中所发生过的各种各样的倒霉事,如今我一件也不想取消。"(《除夕随想》)

虽然兰姆有一批"左倾"的好友,但依他的性子,那种激昂的檄文他是写不出来的。然而,他还是很愿意把同情心扩展到一切低下阶层身上。某一年冬日,他曾在街上摔了个四脚朝天,自言最怕丢脸的他却给一个扫烟囱的小孩指着嘲笑:"他站在那儿,用他那黑黑的指头向我指指点点,让大伙儿瞧,特别是让一个贫穷妇人瞧(那大概是他妈妈),在他看来,这件事太可笑、太有趣儿,笑得他眼泪都从那红红的眼角流出来了,他那眼睛是因为平时常哭,再加上烟熏火燎,才变得那样红红的。然而,在万般凄苦之中,他那眼睛里还是闪耀出一点儿得之不易的快活的光芒……"(《扫烟囱的小孩礼赞》)

我说他的作品很像现在的心灵鸡汤,是因为他总能平和地看待发生在自己身上的事,得意固然欣喜,失意,多半也是有趣味的。读者看了,就会想象出一个宽厚好人的形象,就会心向往之。不过,从他礼赞扫烟囱的小孩这点看来,心灵鸡汤这么俗套的说法却又用不上了。因为他不是一个擅于指导读者善待别人的导师(例如面对耻笑自己的小孩),他只是把用在自己身上的宽容、平和与善意,一概地往外推及别人的处境。他理解自己的命运,因此也会理解他人,他能自嘲,所以不会像个老好人那样从不说人的坏话,而是会温和地讽刺人,那种叫人听了之后一笑置之的讽刺。

说了半天,我们当然不能忘记兰姆的文体。他曾经在一篇开玩笑的自悼文说:"连篇累牍的作家,身后留下的东西何其微小!他们一辈子说呀、写呀,可以传世的也不过只有一两句闪光的语言!"可是在芸芸以幽默小品著称的作家里面,我自己觉得兰姆能令人记住的精句却是最少的(尽管不是没有)。这情况有点像周作人,名篇无数,但你能像背鲁迅那样背出周作人的句子吗？奇的是，看兰姆虽总令人想起周作人，可他的文章却极多典故，用字古僻不避长句，分明就和周作人的寡淡不同。所以有些中译固然译得不错，但就是很难译出他这种外表华丽内涵质朴的风格。

常识补充

谁是今天的波斯王

——《波斯战火》

听说《斯巴达300勇士》是一部令所有男性观众都大呼过瘾而女性观众哈欠连连的电影。撇开拍摄手法和剧本不谈,它要讲的故事确实是很激动人心的。斯巴达王列奥尼达(Leonidas)带领着三百壮士和希腊盟军四千人,守候在狭窄的温泉关(Thermopylae),等待来犯的三百万波斯大军。根据史学之父希罗多德的记述,死守到最后的斯巴达人抱着牺牲的决心,"长矛断了就用刀,没有刀的就用手和牙齿",然后全部倒下,染红了一片黄沙。直到今天,温泉关的纪念碑上仍然刻着那句斯巴达人的遗言:"陌生的过客呀,去告诉斯巴达,我们遵守了她的律法,在此倒下。"这句话丝毫没有炫耀的意思，它表达的其实是这三百人的担忧，害怕家乡里的同胞不知道自己尽忠职守，不知道这里没有一个人敢违背斯巴达的律法。大家都晓得唯一令斯巴达人恐惧的，就是他们的律法，而律法规定了战士只能胜利或者战死，永不投降。

温泉关之役是场决定性的败仗。虽然它是败仗，但它拖住了波斯军团的前进速度，使得雅典为首的希腊舰队可以突破包围，终于造就了随后的胜利。或许更重要的是列奥尼达和他的三百人用行动告诉了全希腊，哪怕是面对世界上最强盛的帝国、历史上最庞大的军团，只要无畏无惧、慷慨就义，人是有可能加入奥林匹亚诸神的。自此之后，每当遇上以寡敌众的战役，遇上自由与奴役的对决，西方人就会想起温泉关。前赴东方加入希腊独立战争的拜伦固然为之赋诗，在纳粹轰炸伦敦的夜晚，熟悉历史的丘吉尔又何尝没想起过列奥尼达的身影呢？这是文明与野蛮、西方和东方的决战，不是吗？

擅长以通俗手法消化学术研究的古代史作家汤姆·霍兰（Tom Hollander）有一个特点，那就是借古喻今。他的上一本书《卢比孔河》（*Rubicon*）透过罗马共和的末日，暗讽现代民主的消亡,近著《波斯战火》(Persian Fire)则把希腊和波斯之间数十年的冲突定位为今日东西之战的源头。他说:"这是一场文明的世界强权和雅典与斯巴达等恐怖主义小国之间的战争。很多人都说过,要不是列奥尼达,要不是当年希腊诸将的英勇和智慧,就不会有后来的苏格拉底、欧几里得,乃至罗马。"正是这一场战争最早地界定了东方与西方的身份区别,明确划分了亚细亚与欧罗巴的不同,它是西方的源头。

汤姆·霍兰不能否认希罗多德笔下那些可歌可泣的伟大故事,但他提出了挑战。对于活在斯巴达奴役之下的那些异邦人而言,难道波斯王一定是个更坏的选择吗?以当时的文化水平来看,难道拥有巴比伦与埃及的波斯不是一个更文明的国度吗?为历史翻案,我们会发现波斯的成就。身为第一个相信自己的疆土无边无界的世界帝国,波斯开启了日后"罗马和平"的源头,让后人认识到了为什么宽容是种帝国的美德。统治那么多的民族,波斯怎能不宽容?于是各种矛盾的宗教信条,各个原本对立的邦国,都在波斯的帝国大道上彼此往来和平共存。至于希腊,那群爱琴海岸的小城市,不只心胸狭窄压榨奴隶,不时出海劫掠商船,还常常煽动波斯西陲的叛乱。在"万王之王"大流士的眼中,它们怎能不是流氓国家呢?当然波斯是失败了,再自信的帝王这时也该明白过度扩张迟早会撞墙,而停止进军也不是因为希腊人太厉害,而是后方的巴比伦造反。他会不会反省自己深信的拜火教教义呢?他一直相信世上善恶二分,真假的斗争永不停息,而自己就是真理与至善的守护者,希腊人则是帮有待改造的骗子……汤姆·霍兰的意图再清楚不过,谁是今天的波斯实在呼之欲出。

砍掉最后一棵树的时候

——《崩坏》

复活节岛的巨人石像总是让人惊叹疑惑。这个小岛是真真正正的孤岛,离它最近的陆地是西边两千公里的皮特凯恩岛,离它最近的大陆则是东方三千七百多公里外的南美洲。而且,那里地势平缓,没有三米以上的树木,放眼望去尽是一片草地。但就在这样的环境底下,复活节岛拥有三百九十七个著名的石人,其中最高的可达二十米,最重的有二百四十四公吨。根据考古学家的研究,这些石像大都建造于公元1000年到1600年,当时的岛民不要说现代起重机了,甚至连轮子和木材都没有。他们到底是怎么雕凿、运送和竖起这些石像的呢?这个问题困扰了三百年来所有见过这些石像的人。

加大洛杉矶分校的教授贾雷德·戴蒙德来到复活节岛，也被眼前的景象震撼，陷入沉思。但他想的问题不是这些石像的由来，也不是传说中的外星人是否真的存在，而是那个拥有复杂结构，足以组织人力物力去设立巨石的社会为什么消失得无影无踪？为什么今日的复活节岛原居民不再制造石像，反而住在看起来相当原始的茅舍里呢？

贾雷德·戴蒙德是个博学的全才，他的前著《第三种黑猩猩》(*The Third Chimpanzee*)与《枪炮、病菌与钢铁》(*Guns, Germs, and Steel*)都很难得地跨越了学术和通俗的出版市场，既叫好又叫座。更难的是，他一向喜欢写大题目，动不动就以人类的源起说到现代世界的危机，以环境的条件和限制，推论出帝国的兴起与种族的灭亡。其中涉及的知识领域之广之杂叫人叹为观止，本行地理学的他在古生物学、历史学、社会学、人类学和生理学等多门学科之间纵横穿梭，信手拈来都是最新的研究报告，真不知道他的学问是怎么做的。

近著《崩坏》是他至今为止野心最大的一本书，因为他要探讨的是人类社会崩溃灭亡的规律和持续发展的出路。为了得到结论，他找来古今的好几个案例当模型，例如格陵兰维京人社区与玛雅文明的消失，日本与新几内亚的生机不断，卢旺达的种族屠杀和现代中国的环境危机……几百页读下来真是惊心动魄，目不暇给。

通常这种大书的毛病是流于玄理空谈，取证不足，推理不严，长于归纳短于分析。尤其是一个自然科学出身的人谈起历史文化时，很容易就会被社科学者诟病为"环境决定论"，也就是说把一切文化现象和历史变化都还原到自然环境的作用。虽然戴蒙德从来也避免不了这类怀疑和批评，但是他一直尽力掌握更多的材料去支持他的推论。所以，在他的这部体制最宏大的著作里，他试图告诉大家，自己绝对不是一个天真的环境决定论者，人不能胜天，但人可以自杀。

回到复活节岛，戴蒙德发现那些巨大石人的作用原来和后世独裁国家的伟人纪念碑一样，是种权力和荣誉的夸耀。小岛上不同氏族的酋长在几百年间竞争比较，看谁的石像更巨大更壮观。你有一个高耸的人像，那我就在人像的头上加个大石冠；你有五个平排巨像，我就弄足十个。要在原始的条件下单以人力完成这么浩大的工程可不简单，要砍伐无数巨木当搬运工具，还得拼命造田养活劳动人民。数百年下来，原本苍郁茂盛的森林竟然就此成了一片秃地。没有树木，不只少了独木舟的材料，使居民没有出海捕鱼的机会，更会造成严重的水土流失，土地贫瘠。接下来的饥荒、抢夺、内战、杀婴也就不难预见。人口锐减、信仰消失，一度复杂的社会灭亡了。

戴蒙德的一个学生问得好："当那些岛民砍下最后一棵树的时候，他们在想些什么呢？"难道人能蠢到这个地步，可以眼睁睁地看着自己的行为把自己推到灭绝的边缘吗？戴蒙德的答案是：可以的。他有好几个解释，其中一个叫作"景观失忆"（landscape amnesia），意思是处在环境变化之中的人往往会忘记原来环境的样子。比方说美国蒙大拿州的居民丝毫不觉山上出了什么事，只有外来的游客才会问："五十年前的那些雪峰和冰河都哪里去了呢？"或许有一天，我们也会忘记香港有冬天，以为摄氏三十多度是12月的正常气温。

唐朝媚外总纪录

——《唐代的外来文明》

中国民族主义的兴起已经不是新闻了,妙的是自从"中国可以说不"以来,百姓却愈来愈喜欢 say yes。想要进口车吗? Yes。想看美国电视剧吗? Yes。想去外国旅行吗? Yes。要吃圣诞大餐吗? Yes, please。于是近来才会上演了一出所谓"十博士联名抵制圣诞节"的闹剧,大概圣诞的威力会随着传播的距离而倍增,当年老外要劳烦三博士才勉强接得住,现在的中国就得出动北大清华等著名学府的十位博士去力挽狂澜了。按照那十位忧国忧民的知识分子的联署宣言,眼前国人圣诞狂欢的新潮是种忘祖媚外、动摇国本的恶劣行为,值得"反思"。可现实是你有你反思,大伙照样圣诞快乐,而且乐不思蜀。

说起媚外,历史上最媚外的时代大概就是直到今天依然叫中国人自豪的唐朝了。看过历史教科书的都知道大唐帝国是很威风的,全盛时期,唐太宗甚至建立了"天可汗"制度,西北诸国莫不景从。同时我们又被告知,这个时期的中国人很开放,不只女士喜欢袒胸露臂,穿得就像《满城尽带黄金甲》里的演员,而且乐于接受外来事物,例如胡服、胡乐、葡萄酒。对于正在学着怎样崛起的大国国民而言,这难道不是一个启示吗?

已故世的美国汉学家薛爱华(Edward H. Schafer),著有《撒马尔罕的金桃:唐朝的舶来品研究》(*The Golden Peaches of Samarkand: A Study of T'ang Exotics*,本书中文版译名为《唐代的外来文明》),堪称有唐一代的媚外总纪录。精通日、法、德语甚至拉丁文、古埃及文、阿拉伯文、越南语和科普特语等十多种语言的薛爱华教授,以其精湛的学养细密考证了十八大类、一百七十多种舶来品输入唐朝的经过,令人叹为观止。

这本巨著最大的重点不是这些物质本身,而是唐人怎样看待它们、感受它们,使物件成为一种文化上饱富意义的象征。例如狮子,亲眼见过这种西来贡品的人并不多,但是它却在中国人的心目中留下了龙一般的神奇印象，乃至后来到处都有它的形象，比方说文殊菩萨的造像就总是骑着头狮子。

薛爱华还总结了一条规律，但凡国力强盛的时代，其绘画中表现出来的外国人就愈是正常客观，甚至文明优越，唐朝就是如此。相比之下，一向被认为很柔弱的宋朝呢，则喜欢强调蛮夷的粗俗低劣。

可见唐人实在大有媚外的本钱，一时之间士人贵族竟以胡风为时尚，就拿大诗人白居易来说吧，也和同代贵族一样，好好地在自家庭院的空地上架起了两座突厥帐篷，然后得意洋洋地对宾客夸耀它们挡风避寒的妙处。唐太宗的太子李承乾更绝，不只常常睡在帐篷里，穿着胡服用佩刀自己切羊肉吃，还不愿说汉语，宁喜以突厥话和属下交谈。有一回他大发厥词，说自己有朝一日要是当了皇帝，定当散发西奔，投靠突厥可汗当他的部下。他说这番话的时候用的是不是突厥语，我们不知道，只晓得他后来以谋反罪被贬谪流放。

不过，媚外到了承乾太子这个地步的到底少见，那十位博士又何苦把今天喜欢过圣诞的同胞都当作叛徒呢？但话说回来，要是都判了流放，中国人起码少一亿，倒是有助解决人口问题。

圆明园的真相

——《追寻失落的圆明园》

圆明园到底是个什么样的地方呢？中国史权威史景迁（Jonathan Spence）在其名著《追寻现代中国》（*The Search for Modern China*）里有这么一句话："乾隆任命耶稣会的建筑师和设计师，去完成圆明园这座位于北京郊区、建立在湖滨公园的雄伟欧式夏宫。"这个讲法很符合我们一般人的印象。没错，乾隆不是很好大喜功吗？他肯定喜欢大兴土木，盖出一座又一座的宫殿庭院。耶稣会士设计了圆明园？这也有道理，圆明园号称"世界建筑博物馆"，里头有那么多的西式建筑，前两年保利集团花了三千多万港币买回去的那些特异兽头像不就是西式喷泉嘴吗？至于夏宫，就算圆明园不是夏宫,至少也是皇家成员嬉游的园林吧。

可是看了汪荣祖的《追寻失落的圆明园》之后,我才知道这全都错了。首先,始建圆明园的不是乾隆,而是康熙,所以再没多久就是圆明园建园三百周年的日子了;其次,我们熟悉的大水法等西式建筑只不过是整个园区的一小部分;而最后,原来圆明园并非一个纯供娱乐的地方,而根本就是清朝最重要的行政中枢之一。雍正、乾隆、嘉庆、道光和咸丰等五朝皇帝都把它当成长年的居所。尤其乾隆,不只在此成长,正式得到雍正传下的继位密诏,甚至在登基之后还试过一年把将近一半的时间留在这里。所以圆明园一定要有可以办公的地方,甚至举行早朝。想想看,那时的大臣们要从城区赶来这里见皇上要花多少时间呀。"一个人要从紫禁城出发,及时在早朝前抵达圆明园,就必须在半夜出发,因此,日常要在两地之间往返,尤其对上了年纪的大臣来说,可说是一件苦差事。所以,雍正为了表示仁慈而免除老臣出席圆明园的早朝。特别在严寒的冬天,当彻骨的北风从西伯利亚吹来,雍正会豁免大部分的官员来圆明园的觐见。"既然如此,皇帝为什么还要离开紫禁城,来此工作呢?那当然是因为圆明园的无尽美景了,与符合礼教传统因此端正严肃的故宫不同,圆明园是个充满逸乐情调的地方,所以汪荣祖很自然地用儒家和道家审美理想的差异,来形容这两组皇家建筑的分别。芥子纳须弥,历朝皇帝恨不得把全中国的著名景观都放进这一座园子里,乾隆甚至"认为完全有必要创造那连秦始皇都无法在海外寻求到的人间仙境"。一个自命勤政爱民的皇帝住在如此奢华的环境里,是应该惭愧内疚的。解放之后,圆明园区里多了一些农地,大家都说这是百姓霸占了文化遗产,看了就摇头。可是圆明园原本就有农田,目的是为了让皇帝欣赏,了解子民种地耕田的辛劳。而且"在圆明园种田的佃户并不是作为点缀之用,他们必须要跟国内其他的佃农一样,勤奋劳动"。情况大概就像在总统住宅里弄一座小工厂,领导一时兴起,说不定还能自己下去体验一下生活呢。难怪英法联军和八国联军两度放火劫掠之后,慈禧和咸丰会那么痛心,老想要找借口重建故园了。因为圆明园不只是一座园林那么简单,它是另一个皇宫,它是皇帝心中的天下。

晦暗的上海

——《上海歹土》

龙应台曾经说过,以前的台湾人都以为香港是块很危险的地方,尤其旺角到庙街那一段,简直子弹横飞,随时有人横尸街头。香港当然不是这个样子,它之所以给人这种印象,乃是电影和电视剧的结果。为什么香港电影那么着迷于枪杀?为什么我们这群喜欢过小日子的老百姓那么爱看一个罪恶的黑色香港呢?我有一个胡诌的理论:这大概是种另类的上海情结,香港不只怀念十里洋场的繁华,不只觉得自己的殖民地身份与租界的状况相去不远,甚至还很希望这座城市也像昔年的上海一样,被黑帮大佬和特务警察统治,既有爱国青年的纯真,也有交际花的妖娆。我们希望自己也是一个日本人口中的"魔都",充满了黑色的魅力。

如果香港其实不算黑,那么《上海滩》这些流行影像所折射出来的上海,会不会也只是个投射出来的幻象呢?结果,去年辞世的美国史学家魏斐德(Frederic Wakeman)证明,昔日的上海果然名不虚传,确确实实是个充满了阴谋与暗杀的恶土。晚年的魏斐德对特务和警察特别有兴趣,写过《上海警察》(*Policing Shanghai*)和以戴笠为主角的《间谍王》(*Spymaster*),而《上海歹土》(*The Shanghai Badlands*)则是专讲孤岛时期恐怖袭击和罪案的小书,印证了香港人从电影里得来的上海形象。魏斐德查找了收在美国国家档案馆的大量材料,以令人生厌的详细程度,记述了从1937年由日军侵占上海到1941年珍珠港事变之间的大量罪案,夸张点说,那可真是无日无之。当年有一个记者如是说:"上海变成了这样一个城市:往往在星期六发现人行道上有具死尸,到了星期一却还在那儿。"

这种种乱象是怎么产生的呢?首先要搞清楚当年的基本政治格局。孤岛时期的上海大致可以分成四大块,一块是日本直接管的地区,一块是法租界,一块是各国联合管理的公共租界,另一块是伪上海市政府辖下的无主之城沪西。插手这些地方的势力则有多达二十个以上的日本特务情治机关（恶名昭彰的宪兵队只是其中之一），汪伪政府和并不完全受它控制的"魔窟"极司非尔路76号（《色·戒》里易先生的原型丁默邨就是其主管之一），俗称"蓝衣社"的亲重庆组织（背后也是五花八门），公共租界管理机构工部局辖下的警察局，当然还有亲延安的地下共产党。

有这么混乱的背景，自然就有游走于各方势力之间的活动空隙，于是本地的小混混和美国来的逃犯就可以一起营造出一个繁荣的非法活动小天堂了。更要命的，是你根本分不出什么叫作合法，什么叫作非法，因为许多不法的行动其实是正式机构支持的。例如伪上海市长陈公博虽然誓言打击赌场，但"七十六号"则在另一面插手黄赌毒，甚至汪伪政权本身就是靠这些收入来维持的，所以才有"蒙特卡罗政权"的称号。乱世混淆了一切是非黑白，连忠诚也成了一种伪装。魏斐德对中国人所讲的"忠"格外敏感，早在其处理明灭清兴的巨著《洪业》(*The Great Enterprise*) 里头，他就很细致地剖析过一批所谓"贰臣"的处境。此时的上海更是一个上佳的忠诚实验室，有些投向汪伪政权的人，相信自己的所作所为才是对中国最有利的，而有些受重庆指挥的特工，会把延安属下的共产党员出卖给日本当局。最常见的，则是一批打散工的暗杀计划执行者与刺探情报的线人，今天为蒋委员长卖命，然后开家小店铺避避风头，没钱了再向"七十六号"投诚，供出老同志的资料，等到报复的人找上门，他们就说自己是故意打进敌营、刺探情报。魏斐德认为："这些小市民（学生、印刷工、店铺学徒、制镜者、珠宝商、茶室堂馆、店员、零售商等等）的社会身份并不固定，他们租借廉价房，从一家迁至另一家，消磨时间，等待另一次恐怖活动的任务。他们在贫富悬殊的全城游弋。"说穿了，忠心乃是糊口的借口。

相比之下，真正一腔热血的爱国青年才是最可怕的。有一个叫作"血魂除奸团"的组织，目标不只是著名的亲日分子，而是所有不顾抗战、继续歌舞升平好日子的一般市民。1939年3月1日，他们在四个舞厅外投掷炸弹，且留书警告："舞友们：当你们身上散发出被奴役者的腐气时，为何还把钱花在化妆品上？清除这种腐气的唯一办法，就是将你们的热血献给整个民族。你们在过年时寻欢作乐，那么我们在今宵的薄礼炸弹，将为你们增添欢娱。"魏斐德认为，后来当日本接管整座城市的时候，几乎没有受过多少抵抗，就是因为大家都厌倦了，厌倦了永不休止的暴力与无序，也厌倦了没有人再认真相信的爱国口号。最近我在网上看到"香港人全是洋奴"的新罪证:"因为你们被殖民统治的时候全都不敢起来反抗,而是马照跑舞照跳。"我不知道这位网民要是生在香港会不会也弄一个"血魂除奸团",但是我知道香港人对老上海真的有很深的情结与一种隐秘的认同。

别怕,我只是怀旧

——《禁止吸烟》

我只不过在报上写了几篇关于吸烟的文章而已,例如弗莱明怎样用香烟塑造 007 的魅力,例如传统俱乐部和老派餐厅里"烟房"(smoking room)的私密乐趣,没有半点鼓励大家吸烟的意思。真的没有。对,我知道吸烟是很坏很坏的习惯,不只会让我患上肺癌,让我得心脏病,甚至还会令我性无能。更糟的是,它不只摧毁我,更摧毁其他人。每当我吸烟时,我都在屠杀身边的人。真的,这一切我都知道。所以当我在谈吸烟的时候,我只是想客观地分析一些小说、一些电影以及种种围绕着烟的文化现象。假如我不慎带了点情绪,请相信我,那只是怀旧。

写完那些文章之后，我接到一些投诉，敏感的读者把我的怀旧看成来势汹汹的论战，将我的笑话当作不知悔改的恶徒伏法前吐出的最后一口唾液。于是我明白了，这是一个禁烟的年代，不只在餐厅里不能抽烟，而且迟早干脆禁绝烟草的生产；不只不能鼓吹抽烟，而且不准再提"烟"这个字。我还知道，香港政府控烟办公室的管理很严格，许多杂志刊出了访问对象抽烟的照片之后，就接到他们警告的电话了。所以，烟这种东西早晚都会从大众媒体的影像里彻底消失。

因此我要把握这黎明来临前最后的黑暗时刻，介绍一下这本大概是史上最厚的一本吸烟摄影集：《禁止吸烟》(*No Smoking*)。擅长图画书的 Assouline 出版社为这本书设计了一个很有噱头的包装，整部书放在一个烟包式的盒子里，要从上方打开盒盖，才能取它出来。书名叫作《禁止吸烟》，但它却是不折不扣的一首烟之"哀歌"(elegy)——一种悼念美好可爱事物的诗歌，全由相片组成。这些相片铺排的顺序有点讲究，不全依人物，也不只靠主题，但是一页页翻下来就会看出它的韵味。

编制它的卢克·桑特（Luc Sante）是个不错的作家和摄影史学家，他写的前言虽非全书主角，但也颇有可观处，尤其能从摄影师的角度出发,注意到了许多吸烟者的动作、姿势与表情。例如现今成为主流,用食指和中指夹烟的方法原来是"美式风格"。在这种风格随着"万宝路"广告征服全世界以前,许多人是用拇指和食指夹住烟屁股,将整根烟藏在掌心里的。后面这种方法最适合战场了,因为它可以避免士兵在夜里因为一点星火而暴露了位置。卢克·桑特又在照片上看见了香烟一度是多么普及,因为很多早期相片里的烟民都能做到让一根烟自己松弛地粘在下嘴唇,同时一边打牌、看书、说话,甚至吃饭!似乎做什么事都离不开烟,似乎没有烟就什么也干不成。当然,他还发现烟是种道具,使用它的人能够让紧张的气氛更紧张(久不吭声,然后大力呼出一口),让愤怒更愤怒(狠狠地让烟从鼻孔喷出,仿佛一条被激怒的龙)。他说:"吸烟的姿势和表情就像花语。"

烟的语言,在这本书的照片里一览无遗,其中绝大多数用烟说话的都是名人。看到这些赫赫有名的烟民,我不禁想象要是拿掉了烟,他们的影像还会剩下些什么?例如爱因斯坦,假如没有了烟斗,他会不会只是一个对着镜头做鬼脸的老头?不抽烟的萨特,原已斜视的眼睛会不会显得更突出?弗洛伊德如果不再拿着那根令人联想起阳具的雪茄,又会不会变成一个普通的做梦的学究呢？我尤其怀念几个女人，比如伍尔芙，她抽烟的表情预示了她自沉水中的命运。玛琳·黛德丽，她口中吐出的烟圈就像卢克·桑特所说，是一种邀请："欢迎进入这个洞穴，但是你得先经过门口这条龙。"

这都是失传的语言。有朝一日，当这些影像自人类记忆删除之后，问题就不存在了。

核爆的机会有多大

——《怎样制造一颗核子弹》

每当有核试验之后,我们才突然惊醒,原来比起用飞机去撞大厦,核子武器始终才是最可怕的东西。人就有这个毛病,哪怕是再恐怖的潜在威胁,只要它一直都是潜在的,我们就会麻木,甚至淡忘。二战结束后出生的婴儿潮一代几乎是给吓大的,每天都听人说原子弹有多恐怖,世界有多危险,听了四十年,结果什么事都没发生,自然会厌倦这些重复的警告。等到冷战结束,大家更是松一口气,以为自此天下太平,直至恐怖主义兴起。

看看数字吧,今天全球的核弹数量虽然已经下降至三万枚左右,但这三万枚核弹仍然足以毁灭地球无数次,所以比起最高峰时期，世界不见得安全了多少。地球只要毁灭一次就够了，一次和一万次实在没有分别。

为了恶补常识，我找出一本去年买了但还没看过的书：《怎样制造一颗核子弹》(*How to Build a Nuclear Bomb: and Other Weapons of Mass Destruction*)。作者法兰克·巴纳比（Frank Barnaby）不是一般恐怖主义研究专家，他还是出身英国原子武器研究中心的核子物理学家，所以这本书不只着重于介绍国际恐怖组织的能耐和运作，还很清楚地说明了核武器及生化武器的原理和制造方式，是本难得兼及科学与政治的入门好书。

巴纳比最难得的地方是力求中肯，因此可以解决不少令我们一般人感到困惑的问题。例如美国自"9·11"之后力行单边政策，为何宁愿先攻击或制裁它心目中可能在发展或扩散大规模杀伤性武器的国家，也不愿透过国际多边约定出面。原来就是因为《禁止核扩散条约》这类条约太软弱，甚至有害。为了鼓励非核武国家加入，这个条约承诺会帮助这些国家发展自己的民用核计划。于是这类国家就可利用这个机会，名正言顺地得到外界核技术的协助与原料的供应。但是"所谓的和平用途核能与军事用途核能是密切相关的——

两者是连体婴"。等到羽翼丰满,这类国家就能驱逐国际原子能机构的调查员,退出条约,把原来的和平用途轻易转为军事用途。而这条没有强制权力的约定,也拿它没办法。

在左翼或者反美人士看来,这种话无异于为美国穷兵黩武的行动找理由,不大顺耳,不过巴纳比又从另一方面指出了一些国家致力加入核武器俱乐部的理由,那就是因为美国和英国皆"背弃了它们的安全理由:不使用核子武器对付没有核武器的国家,以及不与核武器国家结盟的国家"。例如,美国在2002年底出台的一份战略报告指出,核武器不再只是吓阻政策的一部分,而且可以用来先发制人,攻击"流氓国家"。

一旦这类国家宣布拥有核武器,观察家担心的还不是它会拿来对准邻国射着玩,最怕它发穷恶,转手卖给恐怖分子。如果不是一个疆域和主权皆算稳定的国家,而是些半隐形纯流动的地下组织拥有核武器,这才真叫灾难呢。

照巴纳比的说法,其实用不着这类国家出来做买卖,说不定恐怖分子手上早就有粗糙但见效的核武器了。首先,一公斤重的武器级钚元素大小仅如一颗高尔夫球,而且本身辐射性不高,要带着它出入一般边境可说是轻而易举。如果他们得到的是高浓缩铀,那么几个高中生按照手册都能土制一枚五流核弹了。所以问题的关键在于这些原料是否容易到手,巴纳比认为情况并不乐观,他说:"就算是在美国或欧洲,这些具有较佳安全措施的国家,每年仍有数千件辐射性物质失踪或被窃的案子。这些失踪的辐射性物质至今仍下落不明。"

吹水

——《论扯淡》

有时候，我也会怀疑自己写评论等于是在扯淡，因为写了等于没写，一点影响力也没有。比如说"真情对话"这个在香港很流行的名词，这么多年来我用尽一切我用得到的管道去挖苦乃至于痛骂其无聊其恶心，但很多机构还是乐此不疲地继续"真情对话"下去。

什么叫作"真情对话"？难道有对话是假意的吗？难道只有加了"真情"二字，那些达官贵人与青年学子的对话（其实通常都成了训话）才是真诚的吗？更重大的问题是过分标榜过分热爱"真情"，正好反映了我们这个时代的流行病，肆虐香港的犬儒症。

所谓犬儒,我指的是不相信真理的存在,也不相信真理可以愈辩愈明,因此我们讨论问题的时候从不深入。例如电台节目总是让各方人马各自表述一轮,然后主持人来一句"这是观点与角度的问题",就草草作结,仿佛所有角度都是对的,所有观点也都是不需要经过反复申辩而深化的;这就叫作尊重与宽容,这就叫作言论与自由。

哈里·法兰克福(Harry G. Frankfurt)在《论扯淡》(*On Bullshit*)的最后一小段,谈的就是这个问题。他认为我们丧失了以"公正无私的努力来解决孰真孰假的信心",于是就"从致力追求'正确无误'的理想信条上退缩,转而追求所谓'诚意'的这种替代性理想"。因此一个高官大可以在"真情对话"里大发毫无意义的空话,只要他是真心诚意、忠于自我地在说这些屁话,而听众也不会计较那些话的根据和逻辑,因为大家讲的是"真情"。

《论扯淡》是本非常畅销的小书,但它谈的课题是严肃的;它的作者是普林斯顿的道德哲学教授,望重士林;它的中译者是台湾最重要的评论家南方朔,为无数译著撰写书评和导读之后头一回下海操刀。

为什么《论扯淡》会成为近年美国最畅销的其中一本

书？为什么它那么重要？那是因为"扯淡"（Bullshit，或许比较接近粤语的"吹水"和东北话的"忽悠"）现象无处不在，我们不只自己爱吹水，而且天天在电视上看政坛领袖与商界巨子吹水，久而久之竟到了不闻其臭不觉其怪的地步。

举个例子，"中国好，香港好；香港好，中国好"就是吹水了。因为说这些话的人并不真正严肃对待这句话，没有提出证据证明为什么中国好香港就会跟着好，没有试图去界定这里的"好"到底好在哪里，更没有考虑中国好香港会不好的情况（譬如两岸"三通"的实现），也不预期我们听了之后会仔细追究这些问题。他只是想塑造一些效果，让大家觉得也爱国爱港。

法兰克福教授指出："这种认为事实真相如何都没有差别的态度，我认为就是狗屎或放屁的本质。"而且"它没有更多的讯息来交流，说的人只是吐出热气，而吐出的热气与排泄物之间有着相似性，这也使得热风成了放屁最合适的同义词"。

而且吹水要比说谎还糟。说谎的人虽然违心地作出虚假的陈述，但他起码还晓得真相是什么，心里头有真假是非的判断，因此才有说谎的可能。在这个意义上，一个骗子还算尊重真实的价值。吹水的人可不同了,他根本不在乎事实,不关心真假,纯纯粹粹就是为了应付场面而吹,甚至为吹而吹。这个吹水的时代很像苏格拉底在世时的雅典,每个人都以为自己很有知识,对什么事情都有想法,既自由且民主,结果全是游谈无根,自己都不知道自己在说什么。

法兰克福教授并非第一个讨论这种现象的哲学家,海德格尔早在《存在与时间》里分析过"闲谈",并且提出了类近的想法。可是这本书采取的是风格截然不同的分析哲学进路,经由布莱克(Max Black)和维特根斯坦,严谨清晰地步步逼出他的结论。读者跟着走一圈,也是很好的哲学体操。诚如南方朔所说的,这本书至少要读两次:第一次花个把小时就可得个大概,第二次细读再去领会作者的功力。

新贫时代的阿Q哲学

——《穷得有品味》

《穷得有品味》(*Die Kunst des stilvollen Verarmens*)这本书是德国红极一时的畅销书,而且在出版一年内就被翻译成了日文、韩文、俄文、意大利文、波兰文和我们现在看到的中文版。这么红,首先是因为书名起得好。在我们这个年代,人的欲望真真正正实现了经济学的基本假设,无穷无尽没有限制,所以几乎没有人不觉得自己穷。但是又由于那头永远喂不饱的欲望野兽,也几乎没有人不想自己活得很有品味。然而,贫穷和品味似乎是不可并存的两种品质,怎样才能穷得有品味,所有人都会想知道的。

但再细看这本书的内容,却又发现里头尽是老生常谈,无非就是叫人好好检视自己的需要，看看自己是不是真的要买一个爱马仕皮书签或者银制的筷子套。这些道理都是老祖母的口头禅了，谁不懂得说两句？例如其中有一章谈旅行，作者力证出门旅行其实不像我们想象的那么美好，不一定值得花钱跟风。他说："不可思议的是，平常省吃俭用的人，一度起假来就挥金如土。'没关系啦！难得度假嘛！'度完假回来之后再抱怨，怎么玩了一趟，荷包全空了，精神没有恢复，人也没有休息到！"这种经验，难道还用得民意调查才能发现是全民共识吗？

道理是老道理，可时代是新时代。全球化的激烈竞争让很多发达地区的高薪阶层纷纷丢了工作，外判潮流则把第一世界的软件工程送到了印度，于是突然多了一大批往日衣食无忧甚至还可以过得很体面的中产阶级，现在成了"下流阶级"——向下流动的阶级。讨论这种社会趋势的书不少，但教那些可怜人怎样重新振作实际过活的却不多。像香港这样的地方，几年来又是金融风暴，又是楼市泡沫爆破，有同样问题的人肯定很多。《穷得有品味》来得格外应景了。

市面上已有许多书教导大家怎样自强不息，怎样积极向上自我增值，为的都是要人重投职场，再战江湖。但这本书特别的地方是虽以失业为前提,却不试图要读者找份好工作,反而循循善诱读者们适应失业,甚至热爱失业的日子。

作者亚历山大·冯·笙堡（Alexander von Schönburg）自己也是个曾经只坐头等舱的现职失业汉,过来人的身份自然有说服力。更有说服力的是他姓名中那个"冯"(von),这表明了他是个贵族。大家都知道德语世界里有这"冯"字的贵族繁如过江之鲫,现在多数开的士或者当侍应。我们这位作者也是个有经历的,他的家族有五百年不断没落的历史,由他提供对应生活水准下降的方法,格外生动。就像他所说的:"适应社会阶级没落是一门艺术,已经有很多先烈都把这门艺术发挥得炉火纯青。"例如,这门艺术的要点之一是不要太重视金钱,这句废话由贵族演绎分外有味道。因为他们在很有钱的时候当然不注重金钱,可以慷慨大度挥金如土,在一穷二白的时候由于传统家教,依然不拿钱当回事,所以就有股拿得起放得下的气派了。我辈新穷阶层也该学学老贵族,活得有气派自然就有傲然的品味。

我也很喜欢台湾作家辜振丰在中文版序言说的话,他提到Gucci前设计总监汤姆·福特和乔治·阿玛尼在每季耀目时装秀结束亮相的时候,总是一身T恤牛仔裤,而意大利老鞋匠也永远只穿一双烂皮鞋。买不起 Gucci，我们大可以用这番话来开解自己，同时应付想象中的他人。

还可以肯定一件事，失业在家靠打散工过活的亚历山大·冯·笙堡，现在应该大发特发了。

道歉不容易

——《论道歉》

约翰·普隆默(John Plummer)曾经是越战期间战斗直升机的机师,专责协助轰炸机的定点袭击。1972年1月9日,美军官方报纸《星条旗》刊出一则报道,讲述美军的烧夷弹如何有效地彻底摧毁了一条包庇越共的村庄。在这段消息旁边,有一张后来举世知名的照片,一个九岁的小女孩赤身裸体,哭着奔跑,嘴巴因极度的恐惧而大张,她的双手乱甩,仿佛那不是她身体的一部分。普隆默看到这张照片,知道这是他的成果,前天他才协助了一场毁灭性的大轰炸,毁的就是这个村,那个小女孩的家。战后,普隆默回到美国,沦为酒鬼,经历两段失败的婚姻。每次想到那张照片,他都痛苦地仿似"膝盖受了重击"。后来他变成虔诚的基督徒，甚至当上美国卫理公会的管事，可是那张照片依然缠绕他，照片上听不见的尖叫却回响在他的午夜梦魇。直到那次轰炸的二十四年之后，普隆默在华盛顿的越战纪念碑前终于与那个记忆中的女孩相遇。女孩长大了，原来叫作潘金淑（Kim Phuc）。普隆默泣不成声，只能重复呢喃："对不起，我错了，对不起……"潘金淑拥抱住他，用手轻拍他的背，说："没事了，没事了，我原谅你。"

这只是美国精神病理学者艾伦·拉扎尔（Aaron Lazare）《论道歉》（*On Apology*）收集的其中一个动人故事。一篇又一篇的故事读下来，实在叫人惊讶，到底道歉是什么？为什么它这么简单，却又有这么庞大的神秘力量。正如普隆默的道歉，就那么简单的几个字，却为他得回一生的平静与救赎。自从潘金淑宽恕了他，所有的呐喊都消失殆尽。道歉这种既简单又复杂的心理机制就是拉扎尔在这本书所要探讨的"道歉的吊诡"。《论道歉》从心理学和精神病学的角度，分别研究了道歉的治疗效果，道歉及不道歉的理由，以及形态更复杂的道歉，比如说一个国家对另一个国家的道歉，又比如说一个世代为另一个世代犯下的错误道歉。牵涉整个国族的道歉是复杂的,因为谁有权去代表一个国家向他人致歉谢罪呢?政府的领导人一定就是最恰当的人选吗?牵涉前人过错的道歉也是复杂的,因为这一代人为什么要为他们没犯过的罪去寻求原谅呢?凭什么祖先的罪业可以加在后人身上?对于后面这个问题,拉扎尔的解释倒也简单:如果一个人会为了国家和祖先骄傲,会为了他不认识的国家足球队员亢奋,会为了与他无关的历史英雄自豪,他又有什么理由不去连带地分担羞耻与罪疚?道歉一旦涉及国与国,就还得考虑不同国家的语言文化,因为有怎么样的文化就有怎么样的道歉观。拉扎尔指出,日文大概是道歉语言最丰富的一种语言,它每一种认错的方式都与致歉者和致歉对象相关,对象的身份不同说抱歉的用语也不同。这表示日本式的道歉着眼于关系的安置多于情感的坦白,所以日式道歉总有一些修饰语使得致歉者处于卑下顺从的位置。或者,这是日本很难对中国说抱歉的原因,拉扎尔猜测。

长尾拯救文化人
——《长尾理论》

文化人从来都不信邪,书卖不好一定是书店不识货,没把它放上"猪肉台"(香港专业行话,指的是书店里摊放新书的那张桌子);电影不卖座一定是院线不识货,不让它多安排几家戏院上映;唱片销量差一定是电台DJ太肤浅,不肯多放几回让人听。总而言之,问题绝对不在自己的作品不够好,甚至不是受众水准低,而在那些可恶的中间人身上。那些书店老板、电影买手和DJ一方面没文化,另一方面又看扁了受众,自以为是,阻隔了大家接触真正好东西的机会。可是你又能怪得了谁呢?一张冷门又前卫的唱片和黎明的新曲加精选占的空间同样多,换了是你,也会把位子腾出来给黎老天王吧？好在时代到底变了，兄弟们，欢迎来到网络新世界，请看近年红极一时的《长尾理论》(*The Long Tail*)。

克里斯·安德森是高科技文化杂志《连线》的总编辑，他两年前在上面发表了一篇文章，谈的就是"长尾理论"，然后迅速成为网界的热门话题。接下来他干脆开了一个博客，把"长尾"的概念炒热起来。要理解"长尾"，得先从大家都知道的"80/20 法则"说起，所谓"80/20 法则"，指的是百分之八十的销售额都来自百分之二十的产品。例如一家唱片公司，它推出的唱片如果有一百种的话，那么其中有二十种的销售量会占去整家公司销售额的百分之八十，剩下的八十种唱片加起来才勉强达到销售额的百分之二十。那二十张威力如此巨大的唱片自然是最热门最畅销的产品，你可以说是它们养活了这家公司。有趣的是，这条法则似乎无处不在，几乎所有商品都会呈现此种趋势，因此商家无不致力寻找那神奇的百分之二十。我们在电视黄金时段看到的节目，在一般书店"猪肉台"上看到的书，就是他们心目中的"百分之二十"了。而"长尾"就是那百分之二十以后的其他商品：因为在统计图表上看来，剩下的百分之八十所占的销售额甚低，就像拖出了一条长长的尾巴。

传统上讲，这条尾巴不会受到商家的重视，因为它们既赚不了大钱，又徒然耗占了卖场的宝贵空间。"长尾理论"是对这套传统习见的挑战，熟悉高科技文化的克里斯·安德森认为网上行销的兴起已经改变了局势。最明显的例子就是亚马逊网站有三分之一的销售额来自排名前十万以后的书籍。想象一下，书籍销售排行榜排到第十万本，那一定已经是很冷门的一本书了，而亚马逊竟然还有三分之一的销售额来自它后面，那岂不是冷中之冷？何以至此？首要原因自然是这些网上商店不占实体空间，能够几近无限地呈示所有产品，不用为了畅销产品排除冷门货见人的机会。更重要的是选择多了之后，消费者会用博客等各式各样的方法去推荐自己的心头好，制造繁杂的链接，使得某些从来不曾在畅销榜上出现的东西败部复活，为人所知。这就是为什么许多你在街上看不见的老电影或另类音乐，现在都能在网上热销的原因了，因为一来它们可以无限制地在网上供应，二来我们可以透过其他网民的推荐认识它们，爱上它们。很早以前大家就说这是一个"分众市场"的时代，可是只有在新的科技手段出现之后，分众才真正成形。如今一个科幻迷可以完全不顾主流广告热推的其他电影，一心一意发掘一部埋藏在不知何处的外星人入侵地球 B 级烂片，然后看得不亦乐乎。至于那些应该最畅销的大众商品，安德森提供了一个数字：好莱坞票房自 2001 年后，已经连续下跌了五年。所以兄弟们，我们小众的好日子是不是快到了呢？

瑞典之谜一种

——《了不起的宜家！》

书迷大抵到了哪里，只要看到有书都会忍不住拿下来翻一翻。所以我在逛宜家的时候，就特别留意他们放在书架上用作装饰的书。这么多年以来，无一例外，那些书全都印着瑞典文，我当然不懂。最近一趟去宜家，终于被我发现一本我大概知道是讲什么的书了，因为它的书名有尼采和马克思这两个名字，谈的应该就是那个尼采和那个马克思吧。

就我所见，宜家家私无论开到哪里，他们一定只用瑞典来的书去装饰自己的柜子。这是为什么？难道这样子比较省钱？使用当地出版的书不会更亲和吗？

根据英国作家艾伦·刘易斯（Elen Lewis）在《了不起

的宜家！》(*Great IKEA!: A Brand For All the People*) 的说法，宜家家私是全世界最成功的品牌之一，但它却是一家私人公司，没有人能够准确计算它到底有多庞大。而且它的结构与运作方式也非常神秘，即使是一般员工也说不清楚其中底蕴。至于它的创办人英格瓦·坎普拉（Ingvar Kamprad）更是过着隐士般的生活，有人说他的个人资产高达四百八十亿美金，直可与比尔·盖茨相比。

说到坎普拉，有关他的古怪传闻真是太多了。例如他会把泡过的茶包循环再用；要搅咖啡的时候就用自己口袋里装的塑胶小勺；出门旅行公干要是只有高级酒店才有空房，他就睡在车里；迫不得已要住店，而且还喝了房里小冰箱的饮料，他一定会去超市买回来补上……

节省与俭朴，不只是坎普拉个人的风格，也是整个宜家的基本价值。照艾伦·刘易斯的说法，这还是坎普拉在瑞典的老家斯莫兰的优良农民传统。宜家成功的最重要原因就是控制成本。20世纪50年代初的某一天，宜家的一个设计师想把一张桌子塞进车尾箱，费了九牛二虎之力还是徒然，便一气之下干脆把桌脚全卸下来。后来他们就把扁平式包装当作宜家的标准，既省下了贮存和运输的成本，还可以把一部分安装家具的人力成本转嫁到消费者身上。妙的是消费者竟然还把自己搬运和组装家具的苦工当作乐趣,这是宜家宣传攻势的功劳。

宜家很会做广告,也很懂得掌握消费者的心理。他们不只推出过第一个以同性恋伴侣为对象的电视广告,还利用五彩缤纷的目录与强迫大家非得从头走到尾不可的商店设计,让大家买了很多本来不打算买的东西。可是宜家讨厌向任何国家的固有传统让步,不管到了什么地方,它都只卖简洁现代的北欧家具,店里只提供瑞典小食。连麦当劳在香港也很顺应市场地推出了"照烧牛肉汉堡"的时候,宜家的家具依然叫作 GUSTAV、TECKEN 和 TAJT,一堆你甚至无法发音的瑞典文。当然,我们不能忘了 Billy 书架上的那本尼采与马克思,还是瑞典文。艾伦·刘易斯甚至指出,一个宜家雇员要是想步步高升,最好也学会瑞典文,因为这有助于他"了解宜家的文化"。

比起沃尔玛,宜家在压低生产和物流成本上的功力毫不逊色。许多生产商的存活全靠它的订单,也很容易因此覆灭,只要有人开的价比它还低。比起麦当劳这些美国生产的全球品牌,宜家更不妥协地坚持自己的瑞典本色,让日本人和英国人都要适应它的居家文化,而非由它迁就。虽然宜家也付出了努力要保护森林,但也不能保证自己用的木材来源一点问题都没有,偏偏它还是世界上最大的家具商。尽管它几乎符合了"邪恶"跨国企业的所有元素,但是近年反全球化的火苗却很少烧到它的头上,为什么?艾伦·刘易斯给出的答案是:除了公司的低调作风,那是因为宜家来自作风朴素的中立国瑞典!

城市的挽歌
——《贫民窟行星》

据说每一座伟大的城市都有它的传记作者。提起都柏林,我们想到乔伊斯;说到布拉格,我们想起卡夫卡;至于老上海,它永远都活在张爱玲的笔下;而巴黎这座光明之城,当然是属于本雅明的了。在我们的想象里面,这些城市和那些作家之间的故事简直要比梁祝还浪漫,生死相许,可歌可泣,所以今天的游客去了布拉格一定躲不掉印着卡夫卡头像的 T 恤,要是到了上海,有人会不辞劳苦地逐一寻访张爱玲生前去过的地方,最好还要拿她的作品出来对照一番。但假如你真的带着这些城市的传记与传奇去"逛游",你一定会发现很多不和谐的黑点坏了你的雅兴,比如说书里描述过的阴暗街角原来不如想象中的那么颓废,又比如说往昔的一座贵族宅邸今天竟成了一片大杂院。可是没关系,任何城市都有它败落的地方,正如任何街道都得有流浪汉的点缀。城市当然还要有贫民窟,这是正常躯体上的小小脓疮,是必须处理而且一定处理得好的小毛病。就算治不好,它也会为外国游客带来一种病态美,恰如一方白手绢上的红血迹。然而,要是这块疮治不好,而且逐渐胀大,蔓延全身呢?如果贫民窟不再异常、不再例外,而根本就是一座城市的全部面貌呢?这时还有谁来为它写下最后的挽歌?

以《水晶之城》(*City of Quartz*)一书成名的美籍都市地理学家迈克·戴维斯(Mike Davis),在其新著《贫民窟行星》(*Planet of Slums*)里为我们描画了一幅全新的都市图景。一开头,他就引用了大量数据说明未来的地球是个城市的星球。到了2015年,全球将有五百五十个人口过百万的城市。2025年,光是亚洲就会拥有十到十一个"超级城市"(hypercity,居民人数超过两千万的大城)。不断爆发的城市将会吸收掉上个世纪50年代以来全球新增的三分之二人口。

在传统的想象里头,城市总是光明璀璨的,而且依据常识,都市化总是意味着更美好的生活方式。但这些未来城市却完全不是这回事,它们是一种贫富差距极大化的"贫民窟城市"。少数富人住在市中心隔离的社区,而包围它们的则是一望无际的廉价住宅和临时搭建的克难楼房。一方面,大批的农村移民将以城市无法消化的速度迅速涌进;另一方面,再也负担不起市中心昂贵生活成本的原居民则被大量迁出。

于是一种前人所不知的"中间城市"(in-between city)诞生了,那是种拥有城市人口密度但没有传统城市基建和结构的空间,住在那里的居民挤得像城市人但却保存了农村的生活方式。在传统的城市与农村之间,出现了第三种人类聚居的形态。迈克·戴维斯不是未来学家,他的推测全部建立在权威机构的统计数字和已经存在的实例之上。他最常用的例子之一就是中国,这点我们不该意外,你去任何一个县城看看,都能发现"中间城市"(或者用我们的话讲:城乡结合部)的影踪,甚至正要以光鲜面目迎接奥运和世博的北京与上海,它们的边陲难道不是未来的征兆吗?经济学常识告诉我们,农村人口朝都市进发是正常的,因为他们都想要更好的生活。在马尼拉的有毒垃圾山中搜寻可以变卖的废物,在喀土穆的街上闲逛确实要比留在农村好,因为种地是活不下去了,你再怎么种也种不过欧美的农场。不过当这些农民来到城市的门口,就会发现城市对他们并不友善,因为他们的数量和速度令城市恐惧,而城市的价格也不是他们的价格。所以他们只好困在中间,创造未来世界的主流——贫民窟城市,等待属于他们的传记。

老店的绝种

——《重见·重建》

几年前从书上学来"景观失忆"这个概念,觉得真是好用,特别是在香港,于是就常拿来考考学生。比如说我很喜欢问一些年纪比较大的:"你记不记得在还没有地铁的年代,金钟是个怎么样的地方?不记得了吗?想象一下,除去那些商业大楼,也没有商场。"十个里头有九个都想不起来了。对着年轻一点的,我就会问:"'又一城'出现以前,九龙塘火车站的外围是什么地方?那里有些什么?"结果证明了年轻人的记性通常不如老年人,我问了那么多年,竟然没有一个人答对。这就叫作"景观失忆"了,当一些我们曾经天天路过熟若无睹的地方渐渐发生变化,我们是感觉不到的,就像最后一个发现你胖了的人往往是自己家里人一样。不只感觉不到,我们甚至还会忘记沧海化成桑田之前的那一片汪洋浩瀚,我们会忘记那些两天前仍然存在的地标。悲观点说,两年之后,我们可能就不再记得天星码头与皇后码头原来的模样与位置了。

就像现在,我在许芷盈的《重见·重建》里读到深水埗一家专门替人做花牌的新忠花店,才发现自己已经很久没见过花牌了。可还记得什么是花牌吗?那种搭在大楼外墙或者庙会棚架上面,用来庆贺店铺开张、天后宝诞或者婚事寿宴的大招牌,最大可以达到十多尺乘二十多尺的面积,上头一定有红色或者银色的字体,周围装饰了各种塑料或者纸张做成的花样,十分的土气,但也十分的喜气。

十多年前,有外地朋友来游,专门拍下这些看起来都很像其实却又非常繁杂多样的花牌,是他教懂我它们的独特:"这真是岭南文化的特色呀!现在的广州也找不着了,只有香港还保存着这种习俗。多么奇怪,如此现代化的大都会,竟然还有这么传统的东西。香港真是个可爱的地方。"

许芷盈把新忠花店当作"民间历史记载者"。这是个有趣的说法。你看"大展鸿图"这四个字吧,是花牌的常用语,总是一个字贴在一块圆板里头,砌在花牌的正上方,送给任何行业应该都很恰当。原来不,根据新忠的老板黄乃忠,"大展鸿图"绝对不能用在理发店,"因为'展鸿'跟'剪红'二字同音,红又代表血"。为什么很多茶餐厅都叫作"新××"呢?常给茶餐厅做花牌的黄老板自然明白:"以前的茶餐厅如果转让给人,第二手的老板多数略为装修,便会在原有的铺名前面加个'新'字,就继续营业。"原来是为了吸引老主顾旧街坊,让他们以为经营者还是上一手老板。

多少老行业的故事,多少民间习俗的来龙去脉,就这么保存在一家老铺的花牌里了。除了花牌店,许芷盈还走访了酱园、车房和报纸档。她花了一年多的时间游历深水埗的老区,为的就是做个见证,把香港人曾经习惯的日常风景记录下来。或许未来的某一天,当这片被市区重建局命名为"K20"、"K21"及"K22"的地带换成了一群簇新的高楼,我们就会忘记这些地方、这些行业,甚至某种生活方式了。以"朱记楼梯报纸档"为例,这是家老式唐楼大门口的报贩,它存在的条件系于"楼梯口",但是当现代"酒店式大堂"纷纷取代了可能没有闸口的老唐楼,这类我们曾经非常熟悉的街头风景又怎能不消失呢?或许我们觉得现代的保安管理做得比较好,但别忘了"楼梯口"的报贩其实也曾守护了不少人家，他们不只留意陌生人的出入，而且还会在你没带零钱的时候给你换几块铜板，在你忘了拿伞的雨天借你一把旧伞。

老行业就像濒临绝种的生物，我们的城市就和大自然的生态系统一样脆弱，这里头充满了环环相扣的敏感联系，断了一条链，少了一个栖位，整群物种就活不下去了。为什么新忠花店的活路出现危机？因为它就快被迁拆了，而市区里的新楼不只租金贵，也没有那么大的空间容它存放最少十尺长的花牌部件。更无奈的是，有不少店铺和酒家就算想沿袭传统，也根本用不上花牌，原因是现代玻璃幕墙大楼的外表太过光滑，没有花牌棚架落脚的地方。这个城市，看起来很大，但容得下奇花异草的空间却已不多了。

粗话的禁忌知识

——《小狗懒擦鞋》

我这半辈子读书最少的时候,就是在电台工作的那一段日子了,但也正是在那短短的十几个月里,我才有机会看到一本一般人看不到的"秘典"——严格地说,其实是一本手册。这本手册是香港广播管理局发给各电子传媒机构的指南,凡是上面列出来的词汇,都不能在大气电波里散布传播,因为那全是些鄙俗不堪、有乖伦常、伤风败德的粗话与黑社会背语。真有这么多的禁忌词汇,多到足以编成一本手册吗?有的,我举个例子:柳骨。"柳骨"就是黑社会成员称呼牙签的暗语,太黑了,所以我们电台主持人当然不能使用。

我敢打赌,今天任何一个自称黑社会成员的金毛小伙子也不可能知道什么叫柳骨,那它为何还会出现在一本90年代末期才重新编定的禁语手册里呢?没人知道。不过我们一帮同事又很惊讶地发现,本来人人都以为是粗话的"仆街"居然不在手册之内。早知如此,当年大家就不必担心电台里的火爆名嘴骂人"仆街"了。

彭志铭在《小狗懒擦鞋》里就特别替"仆街"平反,指出"仆街"是咒人横尸路边,顶多恶毒,却不是平常那些总要和性事拉上关系的粗话。而且他还更正大家,"仆"字的正写应为"踣",同学们要注意。

从鲁金数起,经过吴昊,来到彭志铭,他大概算是这一脉香港俗文化掌故书写传统的第三代了。正如两位前辈,他不避俚俗,甚至还有愈俗愈妙愈粗愈过瘾的一股颠覆气质。就拿这本《小狗懒擦鞋》来说吧,书名固然是粗话谐音,一开篇更是先声夺人地教读者粤语正字:几乎全国人民都晓得的丢,原来该分别写作"×"、"×",而且字字有出处(所有的 × 都不适宜印在本书,请谅)。

所以在香港书展里见到这本书时,我也以为专门整治道德问题的特区影视处一定会把它列为禁书。可是再读下去,你就会发现它也不尽是由头脏到尾。例如广东话常把女人的乳房叫作"lin",一般以为是有音无字,结果彭志铭查考到《东莞县志》去,发现"淰"这个字本义浊水,由于乳汁分泌出来也是混浊的,于是乳汁也叫淰汁,后来才干脆用"淰"指称乳房。

《小狗懒擦鞋》很有彭志铭以及他那"次文化堂"出版的一贯风格,总是不辞劳苦地为最粗鄙的小道琐事发掘出上下千年的文化脉络,引经据典,为的就是证明我们都不知道自己看不起的东西其实是怎么回事。似乎一个脏字只要在《说文解字》里出现过,就突然变得不脏了,就变得很有文化,能登大雅之堂了。我一直不大同意彭志铭的这种倾向,因为一个粗话之所以为粗话,并不在于它的历史有多悠远,也不在于它的字形和意义是否在历史的流变中被扭曲变化了,而是它在此时此刻的语意布局里占了一个粗鄙的位置。被人用粗话问候,纵使骂你的人搬出《康熙字典》向你指出那个字有出处,也不见得你就会恍然大悟、心情愉快吧?

然而我又想起那本电子广播界的秘传手册。当时同事慎而重之地把它交到我手上时,一再告诫:"千万不能给主持人看呀。"为什么?这本官方精心编制的册子难道不就是为了给大伙一个指引,叫大家不要犯忌吗?不,广播管理局的态度很清楚,这本手册只能在管理层间传阅,我就是能看上它一眼的最低层别的幸运儿了。如此说来,我们也不能照着它指令主持人不准说什么,只能坐以待毙,等到有人投诉才乖乖受罚!这是什么道理?直到我离开电台那一天也解不开这个谜。据说是当局怕主持人看了之后会故意犯禁,又或者拿它出来公开嘲弄!可见我们不但要禁粗言秽语,甚至连关于它们的知识也要禁,这时我就格外能够体会彭志铭的用心了,他不是要挑战现存的粗话禁忌,他想挑战的是种禁忌知识。

中大变英大

——《令大学头痛的中文》

可能是我的中文涵养太差,也可能是我老了,最近常常遇到一些大家看惯都觉得没问题,只有我才感到头痛的书写习惯。例如"尊享",不知从何时开始,感到这个怪词流行到了泛滥成灾的地步。信用卡的宣传单张告诉你"可尊享全城至方便的购物优惠",楼盘广告引诱你"尊享一百八十度无敌海景",好像不加个"尊"字,享受就不算是真享受似的。另一个例子是从内地开始,渐次南下的"们"字,现在很多人都喜欢把它加在一个人名后面,以代替传统的"等人"二字。比如"陈凯歌、张艺谋和冯小刚等人,抢拍大片,愈拍愈烂"这句话,流行的写法是将它变成"陈凯歌们争拍大片,愈拍愈烂"。我一开始还以为它的意思是有好几个同名同姓的陈凯歌导演都爱拍大片呢。

不过活在香港,又有几人真正计较中文素养的优劣好坏呢?相反,一句"唔好意思,我嘅中文唔系太好"说不定不只不是不好意思,反倒是说明自己的英文很不错,你最好尊重点的暗示。怪的是,我也从来不觉得香港人的英文好到哪里,从政府公文到地铁站的告示牌,冗赘而诡异的文句比比皆是。同样是前英国殖民地,大如印度小至特立尼达和多巴哥,都出过第一流的英文作家,而香港呢?大家想起的恐怕就是"中文唔系太好"的邓莲如了。好在吾道不孤,母校香港中文大学的高层也觉得中文叫人头疼,于是校长刘遵义"们"干脆鼓吹弃中取英,要求某些"普世性"学科以英语讲课,日后只有涉及中国文化的科目才能"尊享"中文教学的特权了。此议一出,校友自是哗然,莫非母校快要更改校名,变成"香港英文大学"?所以出现了"中文大学校友关注大学发展小组",屡在报端撰文回应,集书一册《令大学头痛的中文》,痛陈利害,坚持"保育"中文大学的"集体回忆"。

读过各位师长校友的文章之后,我想起了因为英文不好常叫港人笑话的日本。这个国家很奇怪,说它的外语不行吧,偏偏它的外文书译得又多又快,即使大部头哲学经典如海德格尔的《存在与时间》也有五个全译本(反观英文至今只有两部),其他流行书籍就不用说了。可见日本人的外文水平绝非传说的那么糟。更有意思的是,擅长吸收外来知识的日本学界在长期且大量的翻译积累上,渐渐形成了自己的西学传统,且在近年反向输出,远征欧美。单以研究马克思来说,日本就有好几个明星级学者,或者别有创见如柄谷行人,或者精于考证文献像广松涉,直叫德国同行恨不能通日文。日本的学术水平高不高?当然高!且看人家拿过几座诺贝尔奖。那么日本的大学都用英文教学吗?当然不!去过日本留学的都知道,他们的汉学研究水准整齐,比起许多中国同行还要严谨,但是班上的授课语文依然是日文而非中文。即便像医学等"普世性"学科,老师教书时说的还是日文。一所大学用什么语言教书,看来固然与它的学术水平之高下没有直接关系,恐怕也不是它能否吸引留学生的关键。香港大多数的中学一向号称是英文中学,结果教出来的学生既不能"尊享"中文,英文也上不了大场面。日后"中文"成了"英文",效果实在令人担心。还好,香港中文大学的校名不易改动,如果它真要变作"香港英文大学",港大必定第一个出来反对。因为要是多了家"香港英文大学",岂不显得"香港大学"可能是一所说中文的大学。

天命

每年10月前后,香港市面就会出现一批预测明年运程的占命书,其中一本畅销占命书的作者是我的朋友杨天命。

认识杨天命以来,我从未请过他替我卜卦批命,不是不信任他,而是我们有更有趣的事可做,我们总是谈自己最近都看了些什么好书。我不知道是否每个玄学家也像他这样,出门的时候袋子里总得装上两本书才觉得踏实,平时最常有的消闲活动就是逛书店。他喜欢读书到了一个地步,竟然在每年出版的运程书后面请人写书评,好叫读者在推想来年吉凶之余还要留点心思看好书。比如说今年他就找来徐少骅,推介《炼金术士》、《万历十五年》和《潜规则》,而杨天命自己也技痒，写了两篇书话，谈的分别是余华的《兄弟》和红极一时的《魔鬼经济学》。我很替他担心，会不会有人觉得这种做法"输输声"（这是香港常用语，对着赌徒千万别说"书"这个字），意头唔系咁好。

身边既有这么一位知名的命理专家，为什么不顺便请他替我卜一卜前程呢？其实不是因为我追随科学，所以认定一切玄学皆不足信，而是因为一句老话，"善《易》者，不卜"。我虽不是学《易》之人，但很能领会这句话的意思：既然天命如此，卜来又有何用？不如按自己的原则照常做人。

每一个算过命的人都该有过这种矛盾，一方面就是因为相信未来已有定局才去算命，另一方面却又希望在预知结果之后可以凭个人之力趋吉避凶。那么未来到底是已定还是未定呢？

以理论架构宏大语言艰涩抽象著称的已故社会学大师卢曼（Niklas Luhmann），也曾写过一篇稍为易读有趣的小文章，叫作《对未来的描述》。在这篇文章里，大师眼光独到地拿了一个亚里士多德的知名文本为例，分析古代人与现代人对未来看法的区别。亚里士多德当年关心的问题是，一场未来的海战会不会发生？他的答案是无法判断甚至不该判断。这个答案的涵义是"现在便已能确定,海战将会或不会发生,但只是人们还无法知道而已"。对未来抱持这种态度,等于表明当时的人相信未来一切已有定数,问题只是该不该以及如何去发现未来罢了。然后卢曼指出了我们现代人的关注却是"我们是否应该冒海战的风险",此种关怀并不假设未来早成定局,而是把未来看成可能发生或者不会发生的一连串风险,这些可能性的出现与否则是我们当下决断的结果。也就是说即使未来难以确定,但我们还是可以尽量去做精确的决断。未来不可预知,风险却能估算,就算遇上了非人力所及的天灾,我们还是可以买定保险降低损害,重点在于这个保险该买多少。

要是不嫌过分简化,我们或许可以说,今天大部分去卜问前途的人,其实并没有古人那么信命,他们并不真诚相信有一个摆在前头只待发现的未来。对他们而言,算命其实是在扩大资料收集的范围,就和搜罗统计数据一样。等一切资料到手,就能反过来收窄判断选项的范围,做出比较精准的决定。因此算命并不需要认命,也是一种很实际如买保险般的行为。

为了证明这个保险值得买,如今的运程书都很愿意去推估一些香港和国际大势的演变，准确与否到时就人所共见无法遁形了。根据杨天命今年运程书的编者前言，原来他曾说中朝鲜试射导弹、5月股灾和6月蓝田的天降冰雹，十分厉害。但是比起好些命理师傅喜不自胜地在媒体上自夸算准了地震海啸的发生，杨天命在这方面倒很低调。或许我比较老派吧，相信"哀矜勿喜"，天灾人祸就算真如预言所示地发生了，也不应该是件叫人欢喜赞叹的事。所以我喜欢杨天命在作者序里表达出来的态度——"其实在某些时候，我也会很乐意看见自己作出错误的预测"，尤其是"一些在预测之外的好结局"。何以会有这样的好结局呢？道理简单，买了保险，决定到底还是自己下的吧？

榕树头

——《细说榕树》

香港那么多的政府部门,我对渔农自然护理署(简称渔护署)特别有好感,其中一个理由来自亲身体验。数月前,家人要把在美国养的小狗带回来,我们打电话去渔护署查询手续安排的事。最初以为得到的必是礼貌但冰冷的官式回复,怎料电话那头的男人听来比我还热心,问长问短。后来多次写电邮教我们怎样让"狗狗"(这是那位公务员称呼我家"犬只"的方法)安心。我想,这些人是真心爱护生物的。

另一个我喜欢渔护署的理由也是很私人的。他们着实出了不少好书,从介绍香港自然风光的图册指南,到各种生物的介绍,真是令人大开眼界,原来香港不是我们想象中的"石屎森林"，人工之外，尚有野趣。不过，香港虽有大面积的山林绿地，可惜路面却总是光秃秃一片。比起其他同级的大都会，香港少的就是行道树。别说新加坡这样的花园城市了，东亚一带，东京、首尔、台北、广州以至于深圳，哪座城市路旁的树木少得过香港？

在香港大学的詹志勇教授和渔护署合作的《细说榕树》里，记录了一段 1883 年 5 月 22 日香港植物及林务部监督 Charles Ford 向立法局提供的报告，他在当年就抱怨城市的发展破坏了树木生长的空间，还很有先见之明地建议在新建道路的两旁和中间预留地方，将来好种行道树。可惜，这个建议当然没有被采纳。

过去的已经过去，今天要在车水马龙的大道边上种树也是不大可能的事了，不如看看怎样保护好现存的树木。香港人熟识詹志勇，来自著名的林村许愿树枯死事件。那棵榕树老早就是电影电视里常见的明星，大家都喜欢把寄托了自己心愿的宝牒用绳子系起来，再抛到树枝上，图个好运。一株榕树沉重地吊满了黄黄红红的纸片，绿的部分愈来愈少，几至枯折。詹教授看了心痛，于是四处奔走，那阵子电视上老是见到他严肃忧心的样子。

为了教大家爱护榕树这种华南最常见、最特别的树种，詹教授写了这本《细说榕树》。虽不是学术专著，但果然是细说，大长我等香港人的见识。不嫌你耻笑，也是看了这本书，我才知道菩提原来也是一种榕树，而榕树结的果实居然就是无花果！准确地说，无花果和我们常见的榕树同是榕属植物。榕的学名是 Ficus，正是无花果的拉丁文叫法。

小时候常在榕树林玩耍，总是看见小黄蜂在林间飞来飞去，怕它蜇人。现在才知它不是黄蜂，不会蜇人，而且有个可爱的名字，叫作"榕小蜂"。为了叫它们传播花粉，榕树会专门结出一种特别的不育花：瘿花。其实这也是种无花果，成蜂在这果里产卵，宝宝生出来就吃无花果大餐，长大了从果子上的小孔飞出来，沾一沾花粉到处飞，就是榕小蜂了。

都世界杯了,你还读书?

足球让人类伟大
——《足球往事》

在当年拉美文学风潮最盛，每个文艺青年都抢着啃读马尔克斯的《百年孤独》时，很奇怪为什么没有多少人谈过乌拉圭的加莱亚诺（Eduardo Galeano）。当每个热爱足球的读书人都交口称赞英国作家霍恩比（Nick Hornby）最能写出球迷悲与喜，我不知道为什么没人提起加莱亚诺的《足球往事》（*Soccer in Sun and Shadow*）。

加莱亚诺和许多伟大的拉美作家一样，是个左翼记者。他唯一一本中译的著作《拉丁美洲被切开的血管》就是一个典型左翼记者的控诉，控诉跨国企业与军人独裁政权总是不懈地吸噬拉美大地的血液。右翼军人当道的年代，加莱亚诺从一个国家流亡到另一个国家,最后到了西班牙,在欧洲完成拉丁美洲编年史《火的记忆》三部曲,一本由断简札记与沉思组成的悲怆史诗。如果只看一部拉美全史,你不应该找第二本书。

只有真正热爱拉丁美洲的作者才写得出《火的记忆》,也只有真正的拉美球迷才写得出《足球往事》。足球如此美丽,却又叫人心碎。正如他为拉丁美洲所做的一样,加莱亚诺替心爱的足球写出了一部编年史,记录百年来一个又一个巨星的诞生和陨落,同时也描述围绕着足球公转的世界,以及足球自己的命运。

这部历史里当然有拉丁美洲的荣光:1924年,第一支出征欧洲的南美球队乌拉圭"教懂了欧洲人什么是真正的足球",也不乏欧洲人的骄傲。1962年世界杯,博比·查尔顿,"足球服从他,在他的指示下旅行,甚至在他踢到它之前,球就自动奔流入网"。

还有足球最让人惊喜的时候,例如尼日利亚与比夫拉(Biafra)同意停战,因为电视上贝利正在踢球。也有足球最卑鄙黑暗的时候,例如大独裁者佛朗哥把皇家马德里打造成一支流动的大使馆,四处以球技宣扬他的政权。而忠于老共和国和巴斯克地区的球员则被迫流亡,国际足协还落井下石,宣布这批反极权的球员是叛徒,应该永远停赛。

可是,足球又总能在最黑暗的时刻振奋人心。纳粹德军占领乌克兰的时候,曾经逼迫基辅迪纳摩的球员和希特勒的卫队来一场友谊赛。赛前他们收到警告:"如果你们敢赢,就死定了。"于是一开始"在恐惧与饥饿的折磨下,他们只好准备输球。不过到了最后,他们无法抗拒尊严的呼召"。球赛结束,十一位球员穿着队衣在悬崖边上被处死。

直到今天,他们的纪念碑还是乌克兰人民的圣地。

身为一名忠实的老资格球迷和老左派,加莱亚诺叹息足球世界的商业化,认为足球已没有风格的区别了,原始的快乐也不见了。现在的球队甚至不是为了赢去踢,而是怕输。可是他依然有信心,因为足球的快乐和尊严是买不走的。正如基辅迪纳摩当年的壮士,只要一天还有人踢球,"有前无后,打死罢就"的精神就永远存在。

动脚别动脑

——《动脑粉丝的世界杯指南》

世界杯和经济表现有没有关系,是个可以永远争论下去的问题。但是我知道出版业和印刷业的生意在这段期间一定火,首先报纸杂志都得狂出特刊、增页,然后各路出版商也不可能放过机会,什么纪念特辑、观战指南,无不你抄我我抄你,乱七八糟地胡搞一气。如此一来,从造纸到发行这一条龙产业的生意又怎能不好。有个数字,今年世界杯时段,英格兰出版业的营业额会上升百分之十,达十亿英镑。

如果你自命是个好深思的知识分子,面对着这许多眼花缭乱的书刊,该选哪一本作为你的世界杯读物呢(如果你还有时间读书的话)?最近买到一本叫作《动脑粉丝的世界杯指南》(*The Thinking Fan's Guide to the World Cup*) 的书,名字很吓人,排阵也不错,作者包括了霍恩比、蒂姆·帕克斯(Tim Parks)和豪尔赫·卡斯塔涅达(Jorge G. Castañeda)等三十三个相当不错的作者。但读下来才发现上当,原来它根本没有指南的功能,只不过是一人一篇文章地介绍世界杯决赛周的三十二个竞赛国(外加《新共和国》总编辑富兰克林·弗尔[Franklin Foer]一篇结论),而且写得相当个人化,谈一下自己对这个国家的感情,或者说一点自己和该国国家队的恩怨。

不是不好看,但我就是搞不懂这本书和世界杯到底有什么关系,其中有几篇甚至没怎么碰过足球,真是"牛肉在哪里"了。英国经典老牌足球杂志 *Four Four Two* 的书评一句话就点中了它的死穴:"脑子动得太多,足球太少。"

话说回来,香港球迷人数这么多,但肯花时间深思足球里头装什么的却是寥寥可数。以足球杂志为例,我就没见过一份会像 *Four Four Two* 这样有脑,不只每期必列书评,还会发长文探讨伊朗的足球与政治的关系。要是把它译成中文,销量肯定危险。因为我们的球迷首先是赌徒,赔率表比文字重要,然后明刀明枪地只爱足球,不爱足球与政治、足球与文化、足球与经济,以及足球与任何一种××的联姻。最后,就算单单专注球赛,大伙也是看球星多于看战术。我见过太多的球迷声称自己是某队死忠追随者,结果一场球赛看下来,队伍打的阵式是451还是442都搞不清,夫复何言?

这也好,起码态度简单明确。球要不是用来赌,就是拿来踢,思考足球?何苦。

世界不是只踢一种球

——《足球如何解释世界》

我的童年在台湾度过,那不是一个玩足球的理想环境,不只没有职业球队,连业余的也寥寥可数,电视上更是几乎看不到任何赛事的转播。但是小学的体育课还是一定会教几堂足球的。记得老师讲解完基本规则之后,就点了我的名字,他说:"梁文道,你是个'港仔',踢球肯定有一手。来!示范给大家看怎么传球。"悲夫!我虽负"港仔"之名,但自从出生之后,其实根本没在香港待过几天,又怎能秀出香港足球的风范呢(那是70年代,香港足球还很有风范的年头)?结果我的传球自是令大家目瞪口呆,提前三十年让大家见识到了香港足球的未来。

如今我们看世界杯的时候总是特别激动，说足球是凝聚世界的轴心，是全球化的侧面典范。可是真相并不如我们想象的那么简单。起码台湾人就不特别沉迷足球，而影响台湾运动品味极深的美国人更是不在话下，此外，大家也别忘了板球为王的印度可是人口第二大国。少了美国和印度的全民投入，足球又怎算是彻底全球化的运动呢？

另一方面，足球虽是全世界最受欢迎的运动，但也并不表示它踢到哪里都是同一面目，毫无变化。当然大家都用脚来踢球，遵守的规则也约莫一致，就像全球化的另一表征麦当劳，无论在哪里吃，味道也不会有什么不同。可是你怎么看待足球，把它放在社会的哪个位置，让它产生什么类型的政治效应，就真是各地有各地的样貌了，又如麦当劳，在美国它是最廉价的速食店，到了中国它却曾是年轻人的时尚聚会场所。

富兰克林·弗尔是个古怪的美国人，喜欢足球到了一个地步，想亲身查访在美国这个不正常国度以外的 rest of the world 是怎么踢球，怎么使用足球的。于是他开始了一趟旅程，去过英国、巴西、西班牙、意大利、乌克兰、塞尔维亚和伊朗，最后写出了《足球如何解释世界》(*How Football*

Explains the World，请注意本书的美国版叫作 *How Soccer Explains the World*）。结论之一是全世界的足球流氓都会互相学习，但是发狠的目标与程度是不同的。

塞尔维亚有支老牌强队叫作"红星"，在南斯拉夫的时代曾经不可一世，威震四方，而且是铁托治下民族融合的象征，来自塞尔维亚、斯洛文尼亚和克罗地亚的精英球员齐聚一堂。但随着南斯拉夫联盟在上个世纪末的渐次解体，"红星"变成了塞尔维亚民族主义的先锋队和"屠夫"米洛舍维奇的宣传队。促成这场变化的就是它的球迷会"老虎"，世上最有组织最残暴的足球流氓。

这些球迷喜欢美国黑帮说唱歌手的造型，又从录影带里学到英国同行的出击方式，但是他们绝不乱喊乱冲，行动起来像军队一般讲究。因为他们的会长阿肯（Arkan）不只是个传奇性的逃狱高手，还是个有军事训练背景的极端民族主义分子。在塞尔维亚和克罗地亚打得最激烈的时候，他们发挥的作用比人数稀少的正规军还大。阿肯当时把指挥中心设在贝尔格莱德的一家酒店，对外发号施令。球迷们分成不同小组，有的负责放火，有的负责包抄逃亡的克罗地亚难民。逃不掉的男人带回酒店拷打，女人则被轮奸。"老虎"光在

1995 年的一次行动里就杀了两千人……

这就是弗尔笔下的全球化：同样的足球，不同的情绪；同样的球迷，不同的发泄。

心物不二说足球
——《身体与灵魂》

请原谅我这么不知疲倦地说足球。检阅一下我介绍过和还没介绍的足球书,竟然没有一本是中文的。为什么?

且迂回地从一本与足球无关的书说起,华康德(Loïc Wacquant)的《身体与灵魂》(*Body and Soul*)。这位华康德教授是法国已故社会学大师布尔迪厄的门人,也是他晚年亲密的合作伙伴。关于社会学,布尔迪厄有句名言:"社会学是一种搏击运动"。华康德认真看待师父这句话,抓紧吃透,真的跑去学习拳击,在芝加哥大学附近低下阶层常去的一家俱乐部里打拳多年。

华康德的原意是想用民族志的方法去研究芝加哥城的

街角社会,想拿点第一手的材料、第一身的体验。然而,不入虎穴焉得虎子,于是他操着有外国口音的英文,挂着古怪的姓名,带着突兀的白人相貌;跑去拜一个叫作 DeeDee Armour 的老牌教练为师,天天和来自三山五岳的非裔美籍弟兄们练拳。不料几年下来,愈打愈好,愈打愈上瘾,最后竟来到了一个人生关口:到底是全身投入,成为职业拳手好呢?还是继续留在地位崇高的芝加哥大学,过那教书赶论文四处开学术会议的日子?为了此事,他还咨询过他老师布尔迪厄的意见。这真是一个搞民族志研究的人类学家的典范危机,为了了解研究对象,你不得不移情投入,但是太过投入成了对象的一部分,却又回不来退不出了。

结果华康德还是回来了,并以他非凡的厚底子完成了这部当代民族志的经典、运动社会学的示范。读这本书真是过瘾,不只分析细致,让读者看到当代美国都市底层的方方面面,而且内容"拳拳到肉",简直能令人感到汗水和挨揍的痛楚。看书里的照片,见到这位国际知名的学者在擂台上含着牙套摆招式的狠样子,真是叫人打从心底拜服。当他的学生实在不能大意无礼。

说回足球,我相信不管是小说散文、科学研究还是社会分析,只要你谈的是足球,就得热情投入,否则再怎么耍嘴皮,出来的东西就是搔不到痒处。不一定要像华康德这样,下场踢球踢得差点变成职业球员,但起码得是个重度球迷,每逢赛事必然熬夜观战,然后第二天顶着双熊猫眼见人。这样子写出来的东西才有球场的草香味,沁人心肺。

这么一来,华文出版里就已经可以把台湾踢出局了,因为足球在台湾不成气候,虽有杨照这等作家大谈棒球,但没有同等功力的足球迷显功夫。至于大陆,虽然球迷众多,而且不乏上好的球评人和喜欢足球的好作家,可是不知何故,偏偏没有多少够分量的足球书写,多的是炒作明星的跟风之作。

当然,并非只要是球迷就一定写得出绝妙的足球文字。最好能像华康德这般,既然要用一种运动洞悟人生,就必须同时沉浸身心于其中,并见理智聪明的大脑出其外。数来数去,唯有香港出现过符合这种标准的著作。一本是四五年前的《我们的足球场》,几位作者都是病症严重的球迷,而且还能调动社会学和文化研究的武器,组成一支有前锋有后卫、情绪强烈、智商很高的队伍。另一本则是马岳2005年推出的《教授足球》,其副题"以治学态度睇波"已经清清楚楚地说明了这是部什么样的著作。在大学教政治学的马教授写的这本书,不免要谈一下足球的地域政治史,但最好看的其实是他严谨解析足球阵式的本事,外行人看了绝对可以学几句在世界杯期间卖弄。至于资深球迷嘛,谁会服气谁呢?

用机器代替裁判

——《如何进球：科学与美丽球赛》

"绝对的权力，绝对的腐败。"这句老话即使到了足球场上，还是适用。为什么意大利足坛老是传出弊案，有人分析说是他们的裁判权力太大了。意大利的贪污文化本来就深入骨髓，黑手党可以一直黑到政府最高层，球场并非桃源，当然也难逃流毒。但是意大利足球特别注重防守，原来也是祸根之一。

且看已退役的光头神判科里纳，世界上恐怕没有其他种类的运动能够捧出如此一位明星级裁判了，不只去哪儿都有人围着要签名，还大模大样地拍广告、卖啤酒、推球鞋。这位一代名判是意大利人，而意大利人正是世上最关注裁判的球迷,他们甚至在报纸的体育版和电视节目中开设环节专门讨论评比裁判执法水平的优劣,原因就在于他们的球踢得太过保守谨慎,胜负之分往往就在一次越位的成立与否,和犯规获罚的严重程度,所以意甲大概是世界上错误空间最小的联赛,而掌握这种种关键细节的就是裁判大人。两支实力相当的球队碰上了,决生死的很可能就是手握红黄二牌的裁判。

于是控制裁判人选,影响裁判倾向,自然是各大球会头领的一大任务。尤文图斯的前经理莫吉就干得十分出色,搞定了裁判,也由此搞到了几届冠军,最后还搞到自己受审。就算裁判不贪,个个都像科里纳那样不动如山、公正廉明,还是会有别的问题,离完美远甚,因为正如你我,他们脸上也只长了一对肉眼,脖子回转的角度有限制。举个经典例子,1966年世界杯总决赛,英国的杰夫·赫斯特一球射向德国大门,先中门楣再急坠地面,然后弹出门外。这球掉向地面的那一刻,到底是击中了白线以内还是白线之外呢?当时有很多人认为它根本没进,但是裁判觉得有效,留下了一桩疑案。

虽然有录影回放,但这等设备解决不了球场上的结果,因为足球是最抗拒高科技的一种运动。研究运动科学的肯·布雷(Ken Bray)赶在今年世界杯前出版了《如何进球:科学与美丽球赛》(*How to Score: Science and the Beautiful Game*),分门别类地从足球战术的演进,香蕉射球的流体力学和球员动作的生理解析入手,一一介绍足球有关的各门科学演进的历程。坦白讲,他说不出什么大道理,但起码提供了不少有趣的资料和故事,可以让球迷们在讲波吹水的时候多点弹药。

虽然布雷没有正面解答足球为何一直抗拒科学这个老问题,但起码有一些侧面的观察。比如说1958年在瑞典举行的世界杯,巴西首开先河地派了一位心理学家随军赴战,当年是许多报纸取笑的小花絮,觉得要出动到心理学家来协助赢球,实在荒谬。但几十年后的今天,哪一位教练没学过几招心理学的伎俩?如今的球队备战,不只有好几种理论分析提升球员战意的刺激分量该有多重,还使用各项科技手段教导球员传球射门的最佳角度,当然,他们穿的衣服和球靴也是新时代的产品。

问题是,和美式足球不同,足球始终不愿让高科技明目张胆地介入这种强调绅士精神的运动,更不喜欢随着技术手段而来的干扰中断了流畅的美丽过程。直到最近,国际足协主席布拉特终于松了口风,要积极探讨把晶片植入足球的机会，以后让精华的电波解决争议，免去裁判用眼睛判断球到底有没有进门的负担。不只如此，布雷还说，连越位这种球场悬谜都可以由技术代劳，只差足协点头。足协会批准吗？最近一位国际级裁判说出了老一辈足球人的心声："足球是最美丽、最人性的运动，用仪器代替裁判要是行得通，何不干脆用机器人代替球员。"

守门员的思考
——《守门员的焦虑》

2006年7月10日晚上,我们就会看到这一届世界杯的终局,意大利和法国的决战,两支以防守见称的队伍,他们会不会赛至加时?他们要不要用罚点球来一决胜负呢?如果真的要以罚点球的方式来结束今年的世界杯,两支球队的守门员就会成为全晚的焦点了。守门员,永远穿着1号球衣的那个人,在整场比赛里都不大可能是一般球迷注意的角色。除了当球被射进网里的那一刻,我们才看到这个球衣颜色与众不同的人,无奈沮丧,低头拾出致败的那一颗球。又有在点球大战这种球迷们最痛恨的场面出现时,守门员才有了名正言顺当英雄的机会。只是他们往往未必成功,通常失败。

守门员的命运，使他很容易成为一种哲学思考的象征或者文学想象的喻示。我们还能想起许多当过守门员的人物，并且将他们的一生和这个岗位联系起来，例如加缪、纳博科夫、切·格瓦拉与前教皇约翰·保罗二世。加缪的故事比较有名，他甚至曾经自述："一切人生的道德与责任，我皆学自足球。"纳博科夫也写过守门员，但更值得注意的是他的另一种著名爱好：收集蝴蝶标本。我曾见过一张他俯身持着捕虫网，作势欲扑向镜头的照片。比起守门员只能站在网前守候，主动用捕虫网扑击蝴蝶，满足感是否来得更强烈？何况在前者而言，球进了网犹如极刑，然后者而言，蝴蝶进网则意味着自己才是那个刽子手。

说回今晚的比赛，法国的巴特斯比较令人担心，因为他常在关键时刻失手。更糟的是，他的注意力不够集中。一个守门员的大忌就是精神涣散，偏偏守门员这个位置是很容易失去注意力的，毕竟他是唯一一个不用在场上跑动的球员。

关于这种状态，彼得·汉德克（Peter Handke）曾经在《守门员面对罚点球时的焦虑》（*Die Angst des Tormanns beim Elfmeter*）里写得非常精细。奥地利的诺贝尔文学奖得主艾尔弗雷德·耶利内克曾认为汉德克是比她自己更有资格领奖的作家,这本书或许就是证据。它出版于荒谬文学仍未退潮的上世纪60年代,也被作者的老友维姆·文德斯拍成电影,很多人都将它归类为"存在主义小说"。其实它跟加缪的《局外人》的确有相似的地方,都有一个无缘无故杀了人的主角,都是去了异乡作客,情节推动得同样缓慢而且不可理喻。可是除此之外,就没有什么是一致的了。

《守门员面对罚点球时的焦虑》更着重的是一种独特的注意力偏差现象。曾经是著名守门员的主角布洛希沦落为了兼职水电工人,甚至在小说的一开头就陷入被解雇的局面。发生在他身上的事,几乎没有什么是对的。他杀了一个和他刚过完一夜情的电影售票员,没有理由,然后跑到一个边境小镇,也不清楚是否为了避祸。最令读者叹为观止的,不是情节的荒谬,而是他的观察与认知细致到了一个荒谬的地步。汉德克巨细无遗地写出布洛希注意力所及的细节:酒吧点唱机里唱片的数目、新上蜡的地板木条等等。布洛希甚至更退一步地自觉到这种病态的注意力本身,他渐渐失却了直接感知事物的能力,除非先想出所有他看到的东西的名字。到了最后,他的世界一切皆为文字。与其说这是部现代生活意义匮乏的隐喻,倒不如说汉德克在探讨人类认知能力的消失过程。就像骑单车，你愈是想思考骑车的物理机制，你愈容易摔跤，同样，你愈是要反思自己认知世界的可能条件，你愈容易迷失。

只有到了书末，才有足球赛事，而且还射了一个点球。布洛希以自己的经验评述罚点球的规律，然而他对这个球的预测落空了。一个想得太多的球员，注定是失败的。

跋：目录

古人治学，先窥目录，为的是弄清楚每一本书的位置，在茫茫书海里头确定方位，度量远近。所以目录学就像星图一样，是种非常管用的工具。当然，这里所讲的目录不是每一本书前面都一定要有的篇次导航，而是记述诸书书名和要旨的那种书目。汉代刘向、刘歆父子奉命校书，遂有《七略》。《隋志》说："刘向等校书，每一书就，向辄别为一录，论其指归，辨其讹谬，叙而奏之。"这便是最经典的目录了。用大白话讲，意思就是为每一本书撰写简介，说说这本书的作者是谁，理清这本书的版本传承，更重要的是，扼要点出它的内容精华，让读者在还没真个读书以前就先知道自己读的是什么。

读书先读目录,你才不会一头栽进纸堆,迷失方向。相反,你会很清楚自己现在站在哪里,走了多远,前面又还有多长的路。你不会只读了一本《植物学入门》,就以为自己已经成了植物专家,因为你知道同样的书还有不少,更深入更专门的书在所多有、汗牛充栋。所以我猜测,传统的读书人应该是要谦虚的,目录在手,他明白自己没见过的东西实在是太多了。好比旅人,就算已经去了许多地方,可是只要摊开世界地图,便会发现世界的浩瀚,自己的渺小,四周充满了陌生的湖泊以及无法读出名字的城市。

这样子读书,是很令人安心的。因为目录很明确地为你规划了行程,而且一本书和另一本书之间的距离是那么确实无误,关系是那么稳定不移;这里没有曲线,没有皱折,也没有未曾标示的神秘丛林。即便此生无法踏遍全球,你也知道有些地方是永远不变地停在那里的,喜马拉雅山不会无端端地挪移到南美洲去,洛杉矶也不会在一夜之间消失得无影无踪……它们等着你,只怕你年老力乏去不了。

可这里有一个小小的问题,那就是由谁来编写这份目录呢?且看章学诚称赞刘向父子成就的名言:"部次条别,将以辨章学术,考镜源流。"这不是易事,编撰目录者有异于常人处。《汉书》说刘向"为人简易,无威仪,廉靖乐道,不交接世俗,专积思于经术,昼诵书传,夜观星宿,或不寐达旦"。他的儿子刘歆则"讲六艺、传记、诸子、诗赋、数术、方技,无所不究"。

用功博学还不是最难的,最难的是一种平心静气的品格。近人余嘉锡先生尝言:"刘向之学,粹然儒者,而于九流百家,皆指陈利弊,不没所长,于道法二家皆言其所以然,以为合于六经,可谓能平其心者矣。后之君子,微论才与学不足办此,才高而学博矣,而或不胜其门户之见,畛域之私,则高下在心,爱憎任意,举之欲使上天,按之欲使入地,是丹非素,出主入奴,黑白可以变色,而东西可以易位。"可见编写目录的人固然是博学的,理论上,他更得客观到一个有观没有点(view from nowhere)的地步,几乎像神,能够毫无死角地洞察一切,公正得容不下一丁点偏见。

然而,在这个没有神的年代,这种人是不可能存在的,我们根本不可能相信一套"神目"(God's view)般的世界观。就拿世界地图来说吧,你要如何用一张四方形的纸去覆盖到一个球体的表面,而不使其有任何扭曲呢?所有的地图都是某种投影的结果,同一个地球,我们可以有无数种的投影,制作出无数种地图。每一种投影,每一张地图,都必然改变大陆的线条,海洋的轮廓,以及地点之间的比例。

目录是不可能的艺术。我不善于替人开列书单,更不敢斗胆幻想自己是个书海的制图者。《读者》的读者不可不察。

尽管如此,我感谢陈智德兄的好意,我理解他的序言是一种诗人的隐喻。我还要感谢高山先生和卫蓓蓓小姐,他们精细、认真而耐劳,使得这个本子要比香港原版更准确。对于没见过原版的读者,我必须坦承,它是不同的;少了一些东西,但也加了更多。

新版补识

是书原为港版,上书局2008年出版。次年经过增补修整,幸由法律出版社在大陆印行,其间承蒙高山先生及卫蓓蓓小姐二位编辑苦心襄助,在下铭感五内。悠悠六载,晃眼即过,此次文化艺术出版社重刊,各位同仁多所是正,在此一并致谢。

2015年12月

图书在版编目（CIP）数据

读者／梁文道著．—北京：文化艺术出版社，2016.5
ISBN 978-7-5039-5953-0

Ⅰ．①读… Ⅱ．①梁… Ⅲ．①随笔－作品集－中国－当代
Ⅳ．① I267.1

中国版本图书馆 CIP 数据核字（2016）第 017830 号

读者

著　　者	梁文道
责任编辑	齐大任
特约编辑	冯希南　李鹏程
封面设计	陆智昌
内文制作	陈基胜
出版发行	文化藝術出版社
社　　址	北京市东城区东四八条52号（100700）
网　　址	www.whyscbs.com
电子信箱	whysbooks@263.com
电　　话	（010）84057666(总编室) 84057667(办公室) （010）64279491(发行部)
传　　真	（010）84057660(总编室) 84057670(办公室) （010）64204980(发行部)
经　　销	全国新华书店
印　　刷	山东鸿君杰文化发展有限公司
版　　次	2016年5月第1版
印　　次	2016年5月第1次印刷
印　　张	11.875
字　　数	178千字
开　　本	787毫米×1092毫米　1/32
书　　号	ISBN 978-7-5039-5953-0
定　　价	48.00元

版权所有，侵权必究。如有印装错误，随时调换。